AF318961

Prix : 1.00

LES
AUTEURS GRECS

EXPLIQUÉS D'APRÈS UNE MÉTHODE NOUVELLE

PAR DEUX TRADUCTIONS FRANÇAISES

L'UNE LITTÉRALE ET JUXTALINÉAIRE PRÉSENTANT LE MOT A MOT FRANÇAIS

EN REGARD DES MOTS GRECS CORRESPONDANTS

L'AUTRE CORRECTE ET PRÉCÉDÉE DU TEXTE GREC

avec des arguments et des notes

PAR UNE SOCIÉTÉ DE PROFESSEURS

ET D'HELLÉNISTES

HOMÈRE

—

LE XVIᵉ CHANT DE L'ILIADE

EXPLIQUÉ LITTÉRALEMENT
TRADUIT EN FRANÇAIS ET ANNOTÉ

PAR M. C. LEPRÉVOST
Professeur au Lycée Bonaparte.

PARIS
LIBRAIRIE HACHETTE ET Cⁱᵉ
79, BOULEVARD SAINT-GERMAIN, 79

LES

AUTEURS GRECS

EXPLIQUÉS D'APRÈS UNE MÉTHODE NOUVELLE

PAR DEUX TRADUCTIONS FRANÇAISES

Ce chant de l'Iliade a été expliqué littéralement, traduit en français
et annoté par M. C. Leprévost, ancien professeur de l'Université

51134. — Imprimerie LAHURE, 9, rue de Fleurus, à Paris.

LES
AUTEURS GRECS

EXPLIQUÉS D'APRÈS UNE MÉTHODE NOUVELLE

PAR DEUX TRADUCTIONS FRANÇAISES

L'UNE LITTÉRALE ET JUXTALINÉAIRE PRÉSENTANT LE MOT A MOT FRANÇAIS
EN REGARD DES MOTS GRECS CORRESPONDANTS
L'AUTRE CORRECTE ET PRÉCÉDÉE DU TEXTE GREC

avec des arguments et des notes

PAR UNE SOCIÉTÉ DE PROFESSEURS

ET D'HELLÉNISTES

———

HOMÈRE

SEIZIÈME CHANT DE L'ILIADE

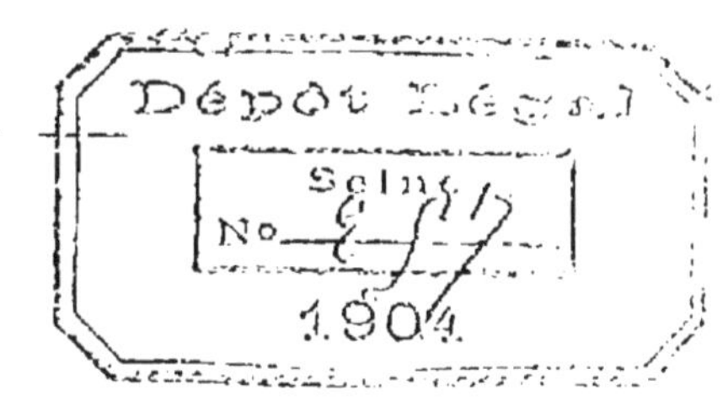

PARIS

LIBRAIRIE HACHETTE ET Cⁱᵉ

79, BOULEVARD SAINT-GERMAIN, 79

———

1903

AVIS

RELATIF A LA TRADUCTION JUXTALINÉAIRE

On a réuni par des traits les mots français qui traduisent un seul mot grec.

On a imprimé en *italique* les mots qu'il était nécessaire d'ajouter pour rendre intelligible la traduction littérale, et qui n'ont pas leur équivalent dans le grec.

Enfin, les mots placés entre parenthèses, dans le français, doivent être considérés comme une seconde explication, plus intelligible que la version littérale.

ARGUMENT ANALYTIQUE

DU SEIZIÈME CHANT DE L'ILIADE.

Patrocle se rend auprès d'Achille, et, après lui avoir dépeint les malheurs des Grecs, lui demande ses armes pour combattre les Troyens. — Achille lui permet de s'en revêtir; il le recommande à la protection des dieux. — Ajax, accablé sous le poids des traits, n'a plus assez de force pour préserver la flotte de l'incendie. — Achille appelle son compagnon et le presse de partir. — Il parcourt les tentes, ordonne aux Thessaliens de se couvrir de leurs armes, et fait des libations à Jupiter. — Les Troyens sont saisis d'effroi à la vue de Patrocle. — Patrocle engage un combat auprès des vaisseaux, met les Troyens en fuite, les poursuit au delà des retranchements, et en fait un affreux carnage. — Sarpédon seul résiste; il succombe enfin, malgré les désirs de Jupiter. — A Glaucus est réservé le soin de venger la mort de Sarpédon. — Glaucus parcourt les rangs des Lyciens et ranime leur ardeur. — Les Troyens fondent sur les Grecs. — Exploits de Patrocle. — Valeur de Glaucus qui immole un grand nombre de guerriers. — Les Grecs ne se laissent point abattre; ils dépouillent le corps de Sarpédon. — Jupiter ordonne à Apollon d'arracher Sarpédon du milieu des traits et de le faire emporter dans la Lycie. — Patrocle, enhardi par ses succès et dévoué à la mort, oublie les ordres d'Achille et s'avance jusqu'aux murs de Troie; il est repoussé par Apollon. — Patrocle oppose à Hector une vigoureuse résistance; il tue Cébrion et beaucoup d'autres Troyens. — Patrocle, terrassé par la puissance du divin Apollon et resté sans défense, succombe sous les coups d'Euphorbe et d'Hector. — Hector s'élance sur Automédon, qui regagne les vaisseaux, emporté par les rapides coursiers d'Achille.

ΟΜΗΡΟΥ

ΙΛΙΑΔΟΣ

ΡΑΨΩΔΙΑ Π.

ΠΑΤΡΟΚΛΕΙΑ.

Ὣς οἱ μὲν περὶ νηὸς ἐϋσσέλμοιο μάχοντο·
Πάτροκλος δ' Ἀχιλῆϊ παρίστατο, ποιμένι λαῶν,
δάκρυα θερμὰ χέων, ὥστε κρήνη μελάνυδρος,
ἥτε κατ' αἰγίλιπος πέτρης δνοφερὸν χέει ὕδωρ.
Τὸν δὲ ἰδὼν ᾤκτειρε ποδάρκης δῖος Ἀχιλλεύς,   ᴵ
καί μιν φωνήσας ἔπεα πτερόεντα προσηύδα·

« Τίπτε δεδάκρυσαι, Πατρόκλεις, ἠΰτε κούρη
νηπίη, ἥθ' ἅμα μητρὶ θέουσ' ἀνελέσθαι ἀνώγει,
εἱανοῦ ἁπτομένη, καί τ' ἐσσυμένην κατερύκει,
δακρυόεσσα δέ μιν ποτιδέρχεται, ὄφρ' ἀνέληται;   10
Τῇ ἴκελος, Πάτροκλε, τέρεν κατὰ δάκρυον εἴβεις.
Ἠέ τι Μυρμιδόνεσσι πιφαύσκεαι, ἢ ἐμοὶ αὐτῷ;
Ἠέ τιν' ἀγγελίην Φθίης ἐξ ἔκλυες οἶος;

C'est ainsi que les guerriers combattaient pour ce navire aux nombreux rameurs. Patrocle arrive auprès d'Achille, pasteur des peuples, en versant de chaudes larmes, comme une source aux sombres eaux répand une onde obscure du haut d'une roche escarpée. A la vue de son ami, le divin Achille aux pieds légers se sent ému de pitie, et adresse à Patrocle ces paroles qui volent rapides :

« Patrocle, pourquoi pleurer comme une jeune fille, qui, courant après sa mère, veut se faire porter par elle, s'attache à ses vêtements, la retient dans sa marche précipitée, et, par des regards humides de pleurs, lui demande de la prendre sur son sein? Semblable à cette jeune enfant, Patrocle, tu verses de tendres larmes. Apportes-tu quelque nouvelle aux Myrmidons ou à moi-même? Seul aurais-tu

L'ILIADE

D'HOMÈRE.

CHANT XVI.

EXPLOITS DE PATROCLE.

Οἱ μὲν	Ceux-ci à la vérité
μάχοντο ὣς περὶ νηὸς	combattaient ainsi pour le vaisseau
ἐϋσσέλμοιο·	bien-garni-de-rameurs ;
Πάτροκλος δὲ παρίστατο	et Patrocle vint-auprès
Ἀχιλῆϊ, ποιμένι λαῶν,	d'Achille, pasteur des peuples,
χέων δάκρυα θερμὰ,	versant des larmes chaudes,
ὥστε κρήνη μελάνυδρος,	comme une source aux-eaux-noires,
ἥτε χέει ὕδωρ δνοφερὸν	laquelle verse une eau obscure
κατὰ πέτρης αἰγίλιπος.	du haut d'une roche escarpée.
Ἀχιλλεὺς δὲ δῖος ποδάρκης	Or Achille divin rapide-des-pieds
ἰδὼν τὸν ᾤκτειρε,	ayant vu lui *en* eut pitié,
καὶ φωνήσας προσηύδα μιν	et ayant parlé dit-à lui
ἔπεα πτερόεντα·	*ces* paroles ailées :
« Τίπτε δεδάκρυσαι,	« Pourquoi pleures-tu,
Πατρόκλεις,	Patrocle,
ἠΰτε κούρη νηπίη,	comme une fille toute-jeune,
ἥτε θέουσα ἅμα μητρὶ	laquelle courant avec *sa* mère
ἀνώγει ἀνελέσθαι,	*l'*engage à *l'*enlever *sur ses bras*
ἁπτομένη εἱανοῦ,	s'attachant à *son* vêtement,
καί τε κατερύκει ἐσσυμένην,	et retient *elle* se hâtant,
ποτιδέρχεται δέ μιν δακρυόεσσα,	et regarde elle en pleurant,
ὄφρα ἀνέληται;	afin qu'elle *l'*enlève *sur ses bras?*
Ἴκελος τῇ, Πάτροκλε,	Semblable à celle-ci, Patrocle,
κατείβεις δάκρυον τέρεν.	tu verses une larme tendre.
Ἠὲ πιφαύσκεαί τι	Ou bien annonces-tu quelque chose
Μυρμιδόνεσσιν, ἢ ἐμοὶ αὐτῷ,	aux Myrmidons, ou à moi-même?
Ἠὲ οἶος ἔκλυες	Ou bien seul as-tu entendu

Ζώειν μάν ἔτι φασὶ Μενοίτιον, Ἄκτορος υἱὸν,
ζώει δ' Αἰακίδης Πηλεὺς μετὰ Μυρμιδόνεσσι,   15
τῶν κε μάλ' ἀμφοτέρων ἀκαχοίμεθα τεθνηώτων.
Ἠὲ σύγ' Ἀργείων ὀλοφύρεαι, ὡς ὀλέκονται
νηυσὶν ἔπι γλαφυρῇσιν, ὑπερβασίης ἕνεκα σφῆς;
Ἐξαύδα, μὴ κεῦθε νόῳ, ἵνα εἴδομεν ἄμφω. »

  Τὸν δὲ βαρυστενάχων προσέφης, Πατρόκλεις ἱππεῦ·   20
  « Ὦ Ἀχιλεῦ, Πηλέος υἱὲ, μέγα φέρτατ' Ἀχαιῶν,
μὴ νεμέσα· τοῖον γὰρ ἄχος βεβίηκεν Ἀχαιούς.
Οἱ μὲν γὰρ δὴ πάντες, ὅσοι πάρος ἦσαν ἄριστοι,
ἐν νηυσὶν κέαται βεβλημένοι οὐτάμενοί τε.
Βέβληται μὲν ὁ Τυδείδης κρατερὸς Διομήδης·   25
οὔτασται δ' Ὀδυσεὺς δουρικλυτὸς ἠδ' Ἀγαμέμνων·
βέβληται δὲ καὶ Εὐρύπυλος κατὰ μηρὸν ὀϊστῷ.
Τοὺς μέν τ' ἰητροὶ πολυφάρμακοι ἀμφιπένονται,
ἕλκε' ἀκειόμενοι· σὺ δ' ἀμήχανος ἔπλευ, Ἀχιλλεῦ.
Μὴ ἐμὲ γοῦν οὗτός γε λάβοι χόλος, ὃν σὺ φυλάσσεις!   30

reçu quelque message de Phthie? Ménétius, fils d'Actor, dit-on, res-
pire encore, ainsi que Pélée, fils d'Éaque, au milieu des Myrmidons;
la mort de ces deux héros nous plongerait dans la douleur. Plains-tu
donc ces malheureux Argiens qui périssent près de leurs creux vaisseaux, victimes de leur propre injustice? Parle, ne déguise point ta
pensée, afin que nous connaissions tous deux la cause de ta douleur. »

Alors, ô valeureux Patrocle, tu répondis **en** poussant un profond
soupir :

« Achille, fils de Pélée, toi le plus brave des Achéens, ne t'irrite
pas; si terrible est le malheur qui vient de frapper les Grecs! Déjà les
guerriers les plus vaillants, atteints et blessés, gisent étendus dans
leurs vaisseaux. Le valeureux Diomède, fils de Tydée, a été frappé;
Ulysse, illustre par les exploits de sa lance, et Agamemnon ont été
blessés, et Eurypyle a reçu une flèche dans la cuisse. Des médecins
habiles les entourent de soins et pansent leur blessures; mais toi, tu
es inflexible, Achille! Puissé-je ne point connaître un courroux sem-

τινα ἀγγελίην ἐκ Φθίης;	quelque nouvelle de Phthie?
Φασὶ Μενοίτιον, υἱὸν Ἄκτορος,	On dit Ménétius, fils d'Actor,
ζώειν μὰν ἔτι,	vivre certes encore,
Πηλεὺς δὲ Αἰακίδης ζώει	et Pélée fils-d'Éaque vit
μετὰ Μυρμιδόνεσσι,	au milieu des Myrmidons,
τῶν ἀμφοτέρων τεθνηώτων	desquels tous deux étant morts
ἀχαχοίμεθά κε μάλα.	nous serions affligés beaucoup.
Ἠὲ σύγε ὀλοφύρεαι Ἀργείων,	Ou bien toi plains-tu les Argiens,
ὡς ὀλέκονται	parce qu'ils périssent
ἐπὶ νηυσὶ γλαφυρῇσιν,	auprès des vaisseaux creux,
ἕνεκα σφῆς ὑπερβασίης;	à cause de leur injustice?
Ἐξαύδα, μὴ κεῦθε νόῳ,	Parle, ne cache pas dans *ton* esprit,
ἵνα εἴδομεν ἄμφω. »	afin que nous sachions tous deux. »
Βαρυστενάχων δὲ	Alors gémissant-fortement
προσέφης τὸν, Πατρόκλεις ἱππεῦ·	tu dis-à lui, Patrocle cavalier :
« Ὦ Ἀχιλεῦ, υἱὲ Πηλέος,	« O Achille, fils de Pélée,
μέγα φέρτατε	grandement le plus brave
Ἀχαιῶν,	des Achéens,
μὴ νεμέσα·	ne t'irrite pas;
τοῖον γὰρ ἄχος	car une telle douleur
βεβίηκεν Ἀχαιούς.	accable les Achéens.
Πάντες μὲν γὰρ δὴ οἱ,	Car à la vérité déjà tous ceux,
ὅσοι ἦσαν πάρος ἄριστοι,	qui étaient auparavant les meilleurs,
κέαται ἐν νηυσὶ	gisent dans *leurs* vaisseaux
βεβλημένοι οὐτάμενοί τε.	ayant été atteints et blessés.
Ὁ Διομήδης κρατερὸς Τυδείδης	Diomède puissant fils-de-Tydée
βέβληται μέν·	a été atteint à la vérité;
Ὀδυσεὺς δὲ δουρικλυτὸς	et Ulysse illustre-par-la-lance
οὔτασται	a été blessé
ἠδὲ Ἀγαμέμνων·	ainsi-que Agamemnon;
Εὐρύπυλος δὲ καὶ βέβληται	et Eurypyle aussi a été atteint
κατὰ μηρὸν ὀϊστῷ.	à la cuisse par une flèche.
Ἰητροί τε μὲν	Et des médecins à la vérité [des
πολυφάρμακοι	qui-connaissent-beaucoup-de-remè-
ἀμφιπένονται τούς,	sont occupés-autour d'eux,
ἀκειόμενοι ἕλκεα·	guérissant *leurs* blessures;
σὺ δὲ, Ἀχιλεῦ, ἔπλευ ἀμήχανος.	mais toi, Achille, tu es irrésistible.
Οὗτος χόλος γοῦν γε,	Que cette colère donc du moins,
ὃν σὺ φυλάσσεις,	laquelle toi tu gardes,
μὴ λάβοι ἐμέ!	ne prenne pas moi!

Αἰναρέτη! Τί σευ ἄλλος ὀνήσεται ὀψίγονός περ,
αἴ κε μὴ Ἀργείοισιν ἀεικέα λοιγὸν ἀμύνῃς;
Νηλεές! Οὐκ ἄρα σοίγε πατὴρ ἦν ἱππότα Πηλεύς,
οὐδὲ Θέτις μήτηρ· γλαυκὴ δέ σε τίκτε θάλασσα,
πέτραι δ' ἠλίβατοι· ὅτι τοι νόος ἐστὶν ἀπηνής.   35
Εἰ δέ τινα φρεσὶ σῇσι θεοπροπίην ἀλεείνεις·,
καί τινά τοι πὰρ Ζηνὸς ἐπέφραδε πότνια μήτηρ.
ἀλλ' ἐμέ περ πρόες ὦχ', ἅμα δ' ἄλλον λαὸν ὄπασσον
Μυρμιδόνων, ἤν πού τι φόως Δαναοῖσι γένωμαι.
Δὸς δέ μοι ὤμοιϊν τὰ σὰ τεύχεα θωρηχθῆναι,   40
αἴ κ', ἐμὲ σοὶ ἴσχοντες, ἀπόσχωνται πολέμοιο
Τρῶες, ἀναπνεύσωσι δ' Ἀρήϊοι υἷες Ἀχαιῶν
τειρόμενοι· ὀλίγη δέ τ' ἀνάπνευσις πολέμοιο.
Ῥεῖα δέ κ' ἀκμῆτες κεκμηότας ἄνδρας ἀϋτῇ
ὤσαιμεν προτὶ ἄστυ, νεῶν ἄπο καὶ κλισιάων.»   45
    Ὣς φάτο λισσόμενος, μέγα νήπιος· ἦ γὰρ ἔμελλεν

blable à celui que tu nourris! O courage malheureux! Quel secours la
postérité pourra-t-elle attendre de toi, si tu n'écartes des Argiens la
ruine affreuse qui les menace? Héros sans pitié! Non, tu n'as point
pour père le valeureux Pélée, et Thétis n'est point ta mère! Tu fus
engendré par la mer aux flots d'azur et par les rocs escarpés; car tu
as un cœur intraitable. Si dans ton esprit tu redoutes quelque oracle
des dieux, si ta vénérable mère t'a révélé les desseins de Jupiter, en-
voie-moi du moins au combat, et confie à mes ordres toutes les phalanges des Myrmidons; peut-être je serai le sauveur des Grecs. Donne-
moi tes armes à porter, et peut-être les Troyens, me prenant pour
Achille, s'éloigneront des combats, et les fils belliqueux des Achéens
pourront respirer après tant de travaux, et goûter un moment de
repos. Des troupes fraîches pourront facilement repousser vers la
ville, loin des vaisseaux et des tentes, les Troyens épuisés de fa-
tigues.»

    Telles furent ses paroles suppliantes. L'insensé! Il appelait la mort

Αἰναρέτη !	Terriblement-valeureux !
Τί ἄλλος ὀψίγονός περ	En quoi un autre descendant
ὀνήσεταί σευ,	sera-t-il aidé par toi,
αἰ μή κεν ἀμύνῃς Ἀργείοισι	si tu n'écartes pas des Argiens
λοιγὸν ἀεικέα;	ce fléau indigne (affreux)?
Νηλεές !	Inhumain !
Πηλεὺς ἄρα ἱππότα	Pélée donc cavalier
οὐκ ἦν πατὴρ σοίγε,	n'était pas père à toi,
οὐδὲ Θέτις μήτηρ·	ni Thétis mère à toi;
θάλασσα δὲ γλαυκὴ τίκτε σε,	mais la mer azurée a engendré toi,
πέτραι δὲ ἠλίβατοι·	et les rochers escarpés;
ὅτι νόος ἀπηνής ἐστί τοι.	parce qu'un esprit cruel est à toi.
Εἰ δὲ ἀλεείνεις σῇσι φρεσί	Or si tu évites dans tes esprits
τινα θεοπροπίην,	quelque présage-des-dieux,
καὶ μήτηρ πότνια	et *si la* mère vénérable
ἐπέφραδέ τοι τινα	a dit à toi quelque *ordre*
πὰρ Ζηνός,	de-la-part-de Jupiter,
ἀλλά περ πρόες ἐμὲ ὦκα,	mais du moins envoie moi vite,
ἅμα δὲ ὄπασσον	et en-même-temps donne-moi
ἄλλον λαὸν Μυρμιδόνων,	l'autre peuple des Myrmidons,
ἤν που γένωμαί	*pour voir* si peut-être je serai
τι φόως	quelque lumière (salut)
Δαναοῖσι.	aux Grecs.
Δὸς δέ μοι	Or donne à moi
θωρηχθῆναι τὰ σὰ τεύχεα	de me couvrir de tes armes
ὤμοιϊν,	sur les épaules,
αἰ Τρῶες,	*pour voir* si les Troyens,
ἴσχοντες ἐμὲ σοί,	assimilant moi à toi,
ἀπόσχωνταί κε πολέμοιο,	s'abstiendront de la guerre,
υἷες δὲ Ἀρήϊοι Ἀχαιῶν	et *si* les fils belliqueux des Achéens
τειρόμενοι ἀναπνεύσωσιν·	étant épuisés respireront;
ὀλίγη δέ τε ἀνάπνευσις πολέμοιο.	et si un court repos de guerre *sera*.
Ἀκμῆτες δὲ	Or non-fatigués (encore frais)
ὤσαιμέν κε ῥεῖα	nous pourrions-repousser facilement
αὐτῇ ποτὶ ἄστυ,	dans le combat vers la ville,
ἀπὸ νεῶν καὶ κλισιάων,	loin des vaisseaux et des tentes,
ἄνδρας κεκμηότας. »	ces hommes fatigués. »
Φάτο ὣς λισσόμενος,	Il dit ainsi suppliant,
μέγα νήπιος·	grandement insensé;
ἦ γὰρ ἔμελλε	car certes il devait

οἷ αὐτῷ θάνατόν τε κακὸν καὶ Κῆρα λιτέσθαι.
Τὸν δὲ μέγ' ὀχθήσας προσέφη πόδας ὠκὺς Ἀχιλλεύς·
« Ὤ μοι, Διογενὲς Πατρόκλεις, οἷον ἔειπες;
Οὔτε θεοπροπίης ἐμπάζομαι, ἥντινα οἶδα,   50
οὔτε τί μοι πὰρ Ζηνὸς ἀπέφραδε πότνια μήτηρ·
ἀλλὰ τόδ' αἰνὸν ἄχος κραδίην καὶ θυμὸν ἱκάνει,
ὁππότε δὴ τὸν ὁμοῖον ἀνὴρ ἐθέλῃσιν ἀμέρσαι,
καὶ γέρας ἂψ ἀφελέσθαι, ὅ τε κράτεϊ προβεβήκῃ·
αἰνὸν ἄχος τό μοί ἐστιν, ἐπεὶ πάθον ἄλγεα θυμῷ.   55
Κούρην ἣν ἄρα μοι γέρας ἔξελον υἷες Ἀχαιῶν,
δουρὶ δ' ἐμῷ κτεάτισσα, πόλιν εὐτείχεα πέρσας,
τὴν ἂψ ἐκ χειρῶν ἕλετο κρείων Ἀγαμέμνων
Ἀτρείδης, ὡσεί τιν' ἀτίμητον μετανάστην.
Ἀλλὰ τὰ μὲν προτετύχθαι ἐάσομεν· οὐδ' ἄρα πως ἦν   60
ἀσπερχὲς κεχολῶσθαι ἐνὶ φρεσίν· ἤτοι ἔφην γε
οὐ πρὶν μηνιθμὸν καταπαυσέμεν, ἀλλ' ὁπότ' ἂν δὴ
νῆας ἐμὰς ἀφίκηται ἀϋτή τε πτόλεμός τε

et la Parque cruelle. Achille aux pieds légers pousse de profonds gémissements et lui dit :

« Hélas! quelles paroles viens-tu de prononcer, Patrocle, illustre
descendant de Jupiter? Je ne m'inquiète nullement des présages, et
ma vénérable mère ne m'a point révélé les desseins de Jupiter; mais
je sens une vive douleur au fond de mon cœur et de mon âme, de-
puis qu'un guerrier, supérieur par sa puissance, a voulu dépouiller
son égal et lui enlever sa récompense. Telle est la douleur profonde
qui me consume; car mon âme est en proie à de violents chagrins.
La jeune captive que les fils des Achéens m'avaient donnée comme
récompense et que j'avais conquise avec ma lance, après avoir renversé une ville aux murailles élevées, Agamemnon, le souverain
fils d'Atrée, vient de l'arracher de mes mains comme des mains
d'un vil étranger. Mais oublions le passé; je ne puis nourrir dans
mon cœur un éternel courroux; j'étais cependant bien résolu à ne
suspendre le cours de ma colère que lorsque les clameurs des combattants seraient parvenues jusqu'à mes vaisseaux. Toi, couvre tes

λιτέσθαι οἱ αὐτῷ — demander pour lui-même
θάνατόν τε κακὸν καὶ Κῆρα. — et la mort mauvaise et la Parque.
Ἀχιλλεὺς δὲ ὠκὺς πόδας — Or Achille rapide *quant* aux pieds
ὀχθήσας μέγα προσέφη τόν· — ayant gémi grandement dit-à lui :

« Ὤ μοι, οἶον ἔειπες, — « Hélas ! quelle chose as-tu dite
Πατρόκλεις Διογενές; — Patrocle issu-de-Jupiter ?
Οὔτε ἐμπάζομαι θεοπροπίης, — Je ne m'inquiète pas d'un présage,
ἥντινα οἶδα, — lequel je sais (saurais),
μήτηρ τε πότνια — et *ma* mère vénérable   [ter ;
ἐπέφραδέ μοι οὔτι πὰρ Ζηνός· — n'a dit à moi rien de-la-part-de Jupi-
ἀλλὰ τόδε ἄχος αἰνὸν — mais cette douleur terrible
ἱκάνει κραδίην καὶ θυμόν, — atteint *mon* cœur et *mon* esprit,
ὁππότε δὴ ἀνήρ, — lorsque certes un homme,
ὅ τε προβεβήκῃ κράτεῖ, — qui l'emporte en puissance,
ἐθέλῃσιν ἀμέρσαι τὸν ὁμοῖον, — a voulu frustrer son égal,
καὶ ἀφελέσθαι ἄψ — et *lui* enlever de nouveau
γέρας· — *sa* récompense :
τὸ ἄχος αἰνόν ἐστί μοι, — cette douleur terrible est à moi,
ἐπεὶ πάθον ἄλγεα — parce que j'ai souffert des maux
θυμῷ. — dans *mon* cœur.
Ἀγαμέμνων κρείων Ἀτρείδης — Agamemnon souverain fils-d'Atrée
ἕλετο ἄψ ἐκ χειρῶν, — a pris de nouveau *à moi* des mains,
ὡσεί τινα μετανάστην ἀτίμητον, — comme à un étranger non-honoré,
τὴν κούρην ἣν ἄρα — la jeune fille laquelle donc
υἷες Ἀχαιῶν — les fils des Achéens
ἐξέλόν μοι — choisirent pour moi
γέρας, — *comme* récompense,
κτεάτισσα δὲ ἐμῷ δουρί, — et *que* je conquis par ma lance,
πέρσας πόλιν εὐτείχεα. — ayant renversé la ville aux-bons-murs.
Ἀλλὰ ἐάσομεν μέν — Mais laissons à la vérité   [vant ;
τὸ προτετύχθαι· — ces choses avoir été-faites-aupara-
οὐ δὲ ἄρα πως ἦν — et donc il n'était pas *possible*
κεχολῶσθαι ἀσπερχὲς — d'être courroucé éternellement
ἐνὶ φρεσίν· — dans *ses* esprits ;
ἤτοι ἔφην γε — cependant j'ai pensé (résolu)
οὐ καταπαυσέμεν πρίν — ne devoir pas faire-cesser auparavant
μηνιθμόν, — *ma* colère,
ἀλλὰ ὁπότε δὴ — mais lorsque déjà
αὐτή τε πτόλεμός τε — et les cris et le combat
ἂν ἀφίκηται ἐμὰς νῆας. — seraient parvenus à mes vaisseaux.

Τύνη δ' ὤμοιϊν μὲν ἐμὰ κλυτὰ τεύχεα δῦθι,
ἄρχε δὲ Μυρμιδόνεσσι φιλοπτολέμοισι μάχεσθαι·   65
εἰ δὴ κυάνεον Τρώων νέφος ἀμφιβέβηκε
νηυσὶν ἐπικρατέως· οἱ δὲ ῥηγμῖνι θαλάσσης
κεκλίαται, χώρης ὀλίγην ἔτι μοῖραν ἔχοντες,
Ἀργεῖοι· Τρώων δὲ πόλις ἐπὶ πᾶσα βέβηκε
θάρσυνος. Οὐ γὰρ ἐμῆς κόρυθος λεύσσουσι μέτωπον,   70
ἐγγύθι λαμπομένης· τάχα κεν φεύγοντες ἐναύλους
πλήσειαν νεκύων, εἰ μοι κρείων Ἀγαμέμνων
ἤπια εἰδείη· νῦν δὲ στρατὸν ἀμφιμάχονται.
Οὐ γὰρ Τυδείδεω Διομήδεος ἐν παλάμῃσι
μαίνεται ἐγχείη, Δαναῶν ἀπὸ λοιγὸν ἀμῦναι·   75
οὐδέ πω Ἀτρείδεω ὀπὸς ἔκλυον αὐδήσαντος
ἐχθρῆς ἐκ κεφαλῆς· ἀλλ' Ἕκτορος ἀνδροφόνοιο,
Τρωσὶ κελεύοντος, περιάγνυται· οἱ δ' ἀλαλητῷ
πᾶν πεδίον κατέχουσι, μάχῃ νικῶντες Ἀχαιούς.
Ἀλλὰ καὶ ὥς, Πάτροκλε, νεῶν ἀπὸ λοιγὸν ἀμύνων   80

épaules de mes belles armes; marche à la tête des belliqueux Myrmidons, s'il est vrai qu'une sombre nuée de Troyens environne nos vaisseaux, que les Argiens soient renfermés sur le rivage de la mer dans un espace étroit et resserré, et que la ville des Troyens tout entière se soit précipitée pleine de confiance. Ils ne voient plus resplendir de près le devant de mon casque. Dans leur déroute ils auraient bien vite rempli nos fossés de leurs cadavres, si le puissant Agamemnon avait éprouvé pour moi des sentiments de bienveillance; et maintenant ils enveloppent notre armée. La main de Diomède, fils de Tydée, n'agite plus une lance furieuse pour écarter des Grecs les malheurs qui les menacent; je n'entends plus les paroles du fils d'Atrée sortir de sa bouche odieuse; la voix seule de l'homicide Hector, encourageant les Troyens, retentit de toutes parts. Vainqueurs des Achéens dans le combat, ils remplissent de clameurs le champ de bataille. Mais toi, Patrocle, tombe avec fureur sur les Troyens pour écarter de nos vaisseaux le malheur qui les menace, de

Τύνη δὲ μὲν	Toi cependant à la vérité
δῦθι ὤμοιῖν	revêts sur *tes* épaules
ἐμὰ τεύχεα κλυτὰ,	mes armes illustres,
ἄρχε δὲ μάχεσθαι	et commande *pour* combattre
Μυρμιδόνεσσι φιλοπτολέμοισιν·	aux Myrmidons belliqueux;
εἰ δὴ	si toutefois
νέφος κυάνεον Τρώων	un nuage sombre de Troyens
ἀμφιβέβηκεν ἐπικρατέως νηυσίν·	enveloppe fortement les vaisseaux;
οἱ δὲ Ἀργεῖοι κεκλίαται	mais les Argiens sont penchés
ῥηγμῖνι θαλάσσης,	sur le rivage de la mer,
ἔχοντες ἔτι	ayant encore
μοῖραν ὀλίγην χώρης·	une portion petite de terrain;
πᾶσα δὲ πόλις Τρώων	et toute la ville des Troyens
ἐπιβέβηκε θάρσυνος.	s'est précipitée pleine-de-confiance.
Οὐ γὰρ λεύσσουσι μέτωπον	Car ils ne voient pas le front
ἐμῆς κόρυθος,	de mon casque,
λαμπομένης ἐγγύθι·	brillant de près;
φεύγοντές κε πλήσειαν τάχα	en fuyant ils auraient rempli vite
νεκύων ἐναύλους,	de morts (de cadavres) *nos* fossés,
εἰ Ἀγαμέμνων κρείων	si Agamemnon souverain
εἰδείη ἤπιά	avait pensé des choses douces
μοι·	pour moi (à mon égard);
νῦν δὲ ἀμφιμάχονται	et maintenant ils combattent-autour
στρατόν.	de l'armée.
Ἐγχείη γὰρ Διομήδεος	Car la lance de Diomède
Τυδείδεω	fils-de-Tydée
οὐ μαίνεται ἐν παλάμῃσιν,	n'est pas furieuse dans *ses* mains,
ἀπαμῦναι Δαναῶν λοιγόν·	*pour* écarter des Grecs la perte;
οὔπω δὲ ἔκλυον ὀπὸς	et je n'ai plus entendu la voix
Ἀτρείδεω αὐδήσαντος	du fils-d'Atrée ayant crié
ἐκ κεφαλῆς ἐχθρῆς·	d'une tête (bouche) ennemie;
ἀλλὰ Ἕκτορος ἀνδροφόνοιο,	mais *la voix* d'Hector homicide,
κελεύοντος Τρωσὶ.	exhortant les Troyens,
περιάγνυται·	est répercutée-tout-autour;
οἱ δὲ κατέχουσιν ἀλαλητῷ	et ceux-ci occupent avec clameurs
πεδίον πᾶν,	la plaine entière,
νικῶντες Ἀχαιοὺς μάχῃ	vainquant les Achéens au combat.
Ἀλλὰ καὶ, Πάτροκλε,	Mais même, Patrocle,
ἔμπεσε ὡς ἐπικρατέως,	tombe ainsi fortement *sur eux*,
ἀπαμύνων νεῶν λοιγόν·	écartant de *nos* vaisseaux la perte;

ἔμπεσ' ἐπικρατέως· μὴ δὴ πυρὸς αἰθομένοιο
νῆας ἐνιπρήσωσι, φίλον δ' ἀπὸ νόστον ἕλωνται.
Πείθεο δ', ὥς τοι ἐγὼ μύθου τέλος ἐν φρεσὶ θείω·
ὡς ἄν μοι τιμὴν μεγάλην καὶ κῦδος ἄρηαι
πρὸς πάντων Δαναῶν, ἀτὰρ οἱ περικαλλέα κούρην   85
ἂψ ἀπονάσσωσιν, ποτὶ δ' ἀγλαὰ δῶρα πόρωσιν.
Ἐκ νηῶν ἐλάσας, ἰέναι¹ πάλιν· εἰ δέ κεν αὖ τοι
δώῃ κῦδος ἀρέσθαι ἐρίγδουπος πόσις Ἥρης,
μὴ σύγ' ἄνευθεν ἐμεῖο λιλαίεσθαι πολεμίζειν
Τρωσὶ φιλοπτολέμοισιν· ἀτιμότερον δέ με θήσεις.   90
Μηδ', ἐπαγαλλόμενος πολέμῳ καὶ δηϊοτῆτι,
Τρῶας ἐναιρόμενος, προτὶ Ἴλιον ἡγεμονεύειν·
μήτις ἀπ' Οὐλύμποιο θεῶν αἰειγενετάων
ἐμβήῃ· μάλα τούς γε φιλεῖ ἑκάεργος Ἀπόλλων·
ἀλλὰ πάλιν τρωπᾶσθαι, ἐπὴν φάος ἐν νήεσσι   95
θήῃς, τοὺς δέ τ' ἐᾶν πεδίον κάτα δηριάασθαι.
Αἲ γάρ, Ζεῦ τε πάτερ καὶ Ἀθηναίη καὶ Ἄπολλον,

peur qu'ils ne portent sur nos navires la flamme dévorante et qu'ils
ne nous privent du bonheur de revoir notre chère patrie. Obéis aux
paroles que je vais te graver dans l'esprit : c'est ainsi que tu te cou-
vriras de gloire et d'honneur aux yeux de tous les Grecs qui me rendront ma belle captive et me combleront de magnifiques présents.
Après avoir repoussé les Troyens loin des vaisseaux, reviens aussitôt; et si l'époux retentissant de Junon t'accorde la victoire, ne va
point dans ton ardeur combattre sans moi les belliqueux Troyens; tu
ferais de moi un objet de mépris. Ne va point, dans la joie du combat et de la mêlée, au milieu du massacre des Troyens, conduire
l'armée devant Ilion, de peur qu'un des dieux immortels ne des-
cende de l'Olympe; les Troyens sont très-chers à Apollon qui lance
au loin les traits. Mais reviens, lorsque tu auras assuré le salut de
notre flotte, et laisse les autres combattre dans la plaine. Souverain
Jupiter, Minerve, Apollon, puissent les Troyens et les Argiens, tous,

μὴ δὴ ἐνιπρήσωσι	de peur que déjà ils ne brûlent
νῆας πυρὸς αἰθομένοιο,	*nos* vaisseaux par le feu enflammé,
ἀφέλωνται δὲ	et *qu'ils ne nous* enlèvent
νόστον φίλον.	un retour chéri.
Πείθεο δὲ, ὡς ἐγώ	Or obéis, comme moi
θείω ἐν φρεσί τοι	j'aurai placé dans l'esprit à toi
τέλος μύθου·	le but (l'ensemble) de *mon* discours;
ὡς ἄν μοι ἄρηαι	afin que tu me remportes
τιμὴν μεγάλην καὶ κῦδος	un honneur grand et de la gloire
πρὸς πάντων Δαναῶν,	de-la-part-de tous les Grecs, [veau
ἀτὰρ οἱ ἀπονάσσωσιν ἄψ	et *que* ceux-ci *me* rendent de nou-
κούρην περικαλλέα,	la jeune-fille très-belle,
πόρωσι δὲ ποτὶ	et *me* donnent en outre
δῶρα ἀγλαά.	des présents beaux. [*Troyens,*
Ἐλάσας ἐκ νηῶν	Ayant repoussé des vaisseaux *les*
ἰέναι πάλιν·	viens de nouveau (reviens);
εἰ δὲ πόσις ἐρίγδουπος Ἥρης	et si l'époux retentissant de Junon
δώῃ κέ τοι αὖ	aura donné à toi ensuite
ἀρέσθαι κῦδος,	de remporter de la gloire,
σύγε μὴ λιλαίεσθαι	toi-du-moins ne désire pas
πολεμίζειν ἄνευθεν ἐμεῖο	combattre sans moi
Τρωσὶ φιλοπτολέμοισι·	les Troyens belliqueux;
θήσεις δέ με ἀτιμότερον.	or tu rendras moi plus méprisé.
Μηδὲ ἡγεμονεύειν	Et ne conduis-pas-*ton*-armée
προτὶ Ἴλιον,	devant Ilion,
ἐπαγαλλόμενος	étant-joyeux
πολέμῳ καὶ δηϊοτῆτι,	du combat et de la mêlée,
ἐναιρόμενος Τρῶας·	tuant les Troyens;
μήτις θεῶν αἰειγενετάων	de-peur-qu'un des dieux éternels
ἐμβήῃ ἀπὸ Οὐλύμποιο·	*ne* descende de l'Olympe;
Ἀπόλλων ἑκάεργος	Apollon qui-lance-au-loin-les-traits
φιλεῖ τούς γε μάλα·	aime eux du moins beaucoup;
ἀλλὰ τρωπᾶσθαι πάλιν,	mais tourne-toi en arrière,
ἐπὴν θήῃς φάος	lorsque tu auras placé le salut
ἐν νήεσσιν,	sur *nos* vaisseaux,
ἐὰν δέ τε τοὺς	et laisse ceux-là (les autres)
δηριάασθαι κατὰ πεδίον.	combattre dans la plaine.
Αἲ γὰρ,	Car si (plût aux dieux que),
Ζεῦ τε πάτερ	et Jupiter père
καὶ Ἀθηναίη καὶ Ἄπολλον,	et Minerve et Apollon,

μήτε τις οὖν Τρώων θάνατον φύγοι, ὅσσοι ἔασι,

μήτε τις Ἀργείων, νῶϊ δ' ἐκδῦμεν ὄλεθρον,

ὄφρ' οἶοι Τροίης ἱερὰ κρήδεμνα λύωμεν! »   100

   Ὣς οἱ μὲν τοιαῦτα πρὸς ἀλλήλους ἀγόρευον.

Αἴας δ' οὐκέτ' ἔμιμνε[1]· βιάζετο γὰρ βελέεσσι·

δάμνα μιν Ζηνός τε νόος, καὶ Τρῶες ἀγαυοί,

βάλλοντες· δεινὴν δὲ περὶ κροτάφοισι φαεινὴ

πήληξ βαλλομένη καναχὴν ἔχε· βάλλετο δ' αἰεὶ   105

κὰπ φάλαρ' εὐποίηθ'· ὁ δ' ἀριστερὸν ὦμον ἔκαμνεν,

ἔμπεδον αἰὲν ἔχων σάκος αἰόλον· οὐδ' ἐδύναντο

ἀμφ' αὐτῷ πελεμίξαι ἐρείδοντες βελέεσσιν.

Αἰεὶ δ' ἀργαλέῳ ἔχετ' ἄσθματι· κὰδ δέ οἱ ἱδρὼς

πάντοθεν ἐκ μελέων πολὺς ἔρρεεν, οὐδέ πη εἶχεν   110

ἀμπνεῦσαι· πάντη δὲ κακὸν κακῷ ἐστήρικτο.

   Ἔσπετε νῦν μοι, Μοῦσαι Ὀλύμπια δώματ' ἔχουσι,

ὅππως δὴ πρῶτον πῦρ ἔμπεσε νηυσὶν Ἀχαιῶν.

tant qu'ils sont, ne pas se soustraire au trépas ; mais puissions-nous
seuls échapper à la mort, pour renverser les remparts sacrés d'Ilion ! »

   Telles sont les paroles que s'adressent ces deux héros. Ajax ne peut
plus résister ; il succombe sous une grêle de traits, dompté par la
volonté de Jupiter et par les javelots des courageux Troyens ; le
casque étincelant qui entoure ses tempes, rend un son terrible ; car
les traits frappent toujours l'aigrette aux clous éblouissants. Le héros sent la fatigue dans son bras gauche qui soutient toujours avec
force son bouclier aux riches couleurs ; les Troyens, qui le pressent
de toutes parts avec leurs javelots, ne peuvent le faire reculer. Sa
poitrine est fortement oppressée ; la sueur inonde ses membres ; il
ne peut plus respirer, et partout le malheur succède au malheur.

   Dites-moi maintenant, ô Muses qui habitez les demeures de l'Olympe,
comment d'abord le feu tomba sur les navires achéens.

μήτε τις Τρώων οὖν,   ni quelqu'un des Troyens donc,
μήτε τις Ἀργείων,   ni quelqu'un des Argiens,
ὅσσοι ἔασι,   autant-qu'ils sont,
φύγοι θάνατον,   n'échappait à la mort,
νῶϊ δὲ   mais si nous
ἐκδῦμεν ὄλεθρον,   nous échappions à la perte,
ὄφρα οἷοι λύωμεν   afin que seuls nous détruisions
κρήδεμνα ἱερὰ Τροίης! »   les créneaux sacrés de Troie! »
   Ὣς οἱ μὲν   Ainsi ceux-ci à la vérité
ἀγόρευον τοιαῦτα   disaient de telles choses
πρὸς ἀλλήλους.   l'un-à-l'autre.
Αἴας δὲ οὐκέτι ἔμιμνε·   Et Ajax ne restait plus;
βιάζετο γὰρ βελέεσσι·   car il était accablé par les traits;
νόος τε Ζηνὸς   et l'esprit (la volonté) de Jupiter
δάμνα μιν,   domptait lui,
καὶ Τρῶες ἀγαυοὶ,   ainsi-que les Troyens superbes,
βάλλοντες·   lançant-des-javelots;
πήληξ δὲ φαεινὴ   et le casque brillant
περὶ κροτάφοισι   autour de ses tempes
βαλλομένη ἔχε καναχὴν δεινήν·   étant frappé avait un son terrible:
βάλλετο δὲ αἰεὶ   et il était frappé toujours
κὰπ φάλαρα εὐποίητα·   aux clous-de-métal bien-faits;
ὁ δὲ ἔκαμνεν ὦμον ἀριστερὸν,   et lui était fatigué à l'épaule gauche,
ἔχων αἰὲν ἔμπεδον   ayant (tenant) toujours ferme
σάκος αἰόλον·   son bouclier varié-de-couleurs;
οὐδὲ ἐδύναντο   et les Troyens ne pouvaient pas
ἐρείδοντες βελέεσσιν   appuyant avec des traits
αὐτῷ ἀμφὶ   sur lui tout autour
πελεμίξαι.   le remuer.
Ἔχετο δὲ αἰεὶ   Mais il était tenu toujours
ἄσθματι ἀργαλέῳ·   par une respiration difficile;
ἱδρὼς δὲ πολὺς κατέρρεέν οἱ   et une sueur grande coulait à lui
ἐκ μελέων πάντοθεν,   de ses membres de-tous-côtés,
οὐδέ πη εἶχεν ἀμπνεῦσαι·   et il ne pouvait nullement respirer;
πάντη δὲ κακὸν   et de-toutes-parts le mal
ἐστήρικτο κακῷ.   était appuyé sur le mal.
   Ἔσπετέ μοι νῦν, Μοῦσαι   Dites à moi maintenant, Muses
ἔχουσαι δώματα Ὀλύμπια,   ayant les demeures de-l'Olympe,
ὅππως δὴ πρῶτον πῦρ   comment certes d'abord le feu
ἔμπεσε νηυσὶν Ἀχαιῶν.   tomba-sur les vaisseaux des Achéens.

῞Εκτωρ Αἴαντος δόρυ μείλινον, ἄγχι παραστὰς,
πλῆξ' ἄορι μεγάλῳ, αἰχμῆς παρὰ καυλὸν ὄπισθεν·   115
ἀντικρὺ δ' ἀπάραξε· τὸ μὲν Τελαμώνιος Αἴας
πῆλ' αὔτως ἐν χειρὶ κόλον δόρυ· τῆλε δ' ἀπ' αὐτοῦ
αἰχμὴ χαλκείη χαμάδις βόμβησε πεσοῦσα.
Γνῶ δ' Αἴας κατὰ θυμὸν ἀμύμονα, ῥίγησέν τε,
ἔργα θεῶν, ὅ ῥα πάγχυ μάχης ἐπὶ μήδεα κεῖρε   120
Ζεὺς ὑψιβρεμέτης, Τρώεσσι δὲ βούλετο νίκην·
χάζετο δ' ἐκ βελέων. Τοὶ δ' ἔμβαλον ἀκάματον πῦρ
νηῒ θοῇ· τῆς δ' αἶψα κατ' ἀσβέστη κέχυτο φλόξ.
῝Ως τὴν μὲν πρύμνην πῦρ ἄμφεπεν. Αὐτὰρ Ἀχιλλεὺς,
μηρὼ πληξάμενος, Πατροκλῆα προσέειπεν·   125
     « ῎Ορσεο, Διογενὲς Πατρόκλεις, ἱπποκέλευθε
(λεύσσω δὴ παρὰ νηυσὶ πυρὸς δηΐοιο ἰωὴν),
μὴ δὴ νῆας ἕλωσι, καὶ οὐκέτι φυκτὰ πέλωνται.

Hector s'approche ; de sa grande épée il frappe la lance de frêne
d'Ajax à l'endroit où la pointe se joint au bois, et il la brise. Ajax fils
de Télamon brandit de sa main son arme mutilée ; la lance à la pointe
acérée tombe à terre et retentit au loin. Alors Ajax dans son âme irréprochable reconnaît en frémissant l'œuvre des immortels; il voit
bien que Jupiter, le dieu de la foudre, lui enlève tous les moyens de
combattre et veut donner la victoire aux Troyens ; il se retire loin des
traits ennemis. Les Troyens lancent le feu infatigable sur le rapide
vaisseau ; la flamme inextinguible se répand aussitôt de tous côtés,
et le feu embrase la poupe du navire. Alors Achille se frappe les
cuisses et dit à Patrocle :

« Hâte-toi , Patrocle, illustre descendant de Jupiter, noble cavalier; j'aperçois déjà sur nos vaisseaux la violente impétuosité des feux
ennemis. Je crains que les Troyens ne prennent nos navires, et que

Ἕκτωρ,	Hector,
παραστὰς ἄγχι,	s'étant approché près,
πλῆξεν ἄορι μεγάλῳ	frappa de *son* épée grande
δόρυ μείλινον Αἴαντος,	la lance de-frêne d'Ajax,
παρὰ καυλὸν ὄπισθεν αἰχμῆς·	sur le manche derrière la pointe;
ἀπάραξε δὲ ἀντικρύ·	et il *la* brisa tout à fait;
Αἴας Τελαμώνιος μὲν	Ajax *fils* de-Télamon à la vérité
πῆλεν αὕτως ἐν χειρὶ	agita ainsi dans *sa* main
δόρυ κόλον·	la lance mutilée;
αἰχμὴ δὲ χαλκείη βόμβησε	et la pointe d'-airain retentit
πεσοῦσα χαμάδις	étant tombée à terre
τῆλε ἀπὸ αὐτοῦ.	loin de lui.
Αἴας δὲ γνῶ	Alors Ajax reconnut
κατὰ θυμὸν ἀμύμονα,	dans *son* cœur irréprochable,
ῥίγησέ τε	et redouta-avec-horreur
ἔργα θεῶν,	les œuvres des dieux,
ὅ ῥα Ζεὺς ὑψιβρεμέτης	parce que Jupiter retentissant
ἐπίκειρε πάγχυ	*lui* coupa tout-à-fait
μήδεα μάχης,	les moyens de combat,
βούλετο δὲ νίκην Τρώεσσι	et voulait la victoire aux Troyens;
χάζετο δὲ ἐκ βελέων.	et il se retirait hors des traits.
Τοὶ δὲ ἔμβαλον	Mais ceux-ci jetèrent
πῦρ ἀκάματον	le feu infatigable
νηὶ θοῇ·	sur le vaisseau rapide;
αἶψα δὲ φλὸξ ἀσβέστη	et aussitôt une flamme inextinguible
κατακέχυτο τῆς.	se répandit-sur celui-ci.
Ὣς μὲν πῦρ	Ainsi à la vérité le feu
ἄμφεπε τὴν πρύμνην.	entoura le *vaisseau* à-la-poupe.
Αὐτὰρ Ἀχιλλεύς,	Et Achille,
πληξάμενος μηρὼ,	s'étant frappé les deux-cuisses,
προσέειπε Πατροκλῆα·	dit-à Patrocle :
« Ὄρσεο,	« Lève-toi (hâte-toi),
Πατρόκλεις Διογενές,	Patrocle issu-de-Jupiter,
ἱπποκέλευθε	*toi* qui-combats-sur-un-char
(λεύσσω δὴ παρὰ νηυσὶν	(je vois déjà auprès des vaisseaux
ἰωὴν πυρὸς δηΐοιο),	l'impétuosité du feu ennemi),
μὴ δὴ ἕλωσι	de peur qu'ils ne prennent
νῆας,	*nos* vaisseaux,
καὶ φυκτὰ	et *que* les moyens-de-fuite
οὐκέτι πέλωνται.	ne soient plus *à nous*.

Δύσεο τεύχεα θᾶσσον, ἐγὼ δέ κε λαὸν ἀγείρω. »

Ὣς φάτο· Πάτροκλος δὲ κορύσσετο νώροπι χαλκῷ. 130
Κνημῖδας μὲν πρῶτα περὶ κνήμῃσιν ἔθηκε
καλὰς, ἀργυρέοισιν ἐπισφυρίοις ἀραρυίας·
δεύτερον αὖ θώρηκα περὶ στήθεσσιν ἔδυνε,
ποικίλον, ἀστερόεντα, ποδώκεος Αἰακίδαο·
ἀμφὶ δ' ἄρ' ὤμοισιν βάλετο ξίφος ἀργυρόηλον, 135
χάλκεον· αὐτὰρ ἔπειτα σάκος μέγα τε στιβαρόν τε·
κρατὶ δ' ἐπ' ἰφθίμῳ κυνέην εὔτυκτον ἔθηκεν,
ἵππουριν· δεινὸν δὲ λόφος καθύπερθεν ἔνευεν.
Εἵλετο δ' ἄλκιμα δοῦρε, τά οἱ παλάμηφιν ἀρήρει.
Ἔγχος δ' οὐχ ἕλετ' οἶον ἀμύμονος Αἰακίδαο, 140
βριθὺ, μέγα, στιβαρόν· τὸ μὲν οὐ δύνατ' ἄλλος Ἀχαιῶν
πάλλειν, ἀλλά μιν οἶος ἐπίστατο πῆλαι Ἀχιλλεύς·
Πηλιάδα μελίην¹, τὴν πατρὶ φίλῳ πόρε Χείρων
Πηλίου ἐκ κορυφῆς, φόνον ἔμμεναι ἡρώεσσιν.
Ἵππους δ' Αὐτομέδοντα θοῶς ζευγνῦμεν ἄνωγε, 145
τὸν μετ' Ἀχιλλῆα ῥηξήνορα τῖε μάλιστα·

nous ne puissions plus nous échapper. Revêts à l'instant mes armes ;
moi, je vais rassembler les guerriers. »

Il dit, et Patrocle se couvre de l'airain étincelant. D'abord il entoure ses jambes de belles cnémides, qu'ajustent des agrafes d'argent ; ensuite il couvre sa poitrine de la riche et brillante cuirasse du
fils d'Éaque aux pieds légers ; puis il attache à ses épaules une épée
d'airain, ornée de clous d'argent, et un large et solide bouclier. Sur
sa tête il place un casque magnifique ombragé d'une épaisse crinière ;
au-dessus s'agite un panache aux terribles menaces. Il saisit de fortes
lances que ses mains brandissaient sans effort ; mais la grande, la
lourde et formidable lance de l'irréprochable fils d'Éaque est la seule
dont il ne s'arme point ; aucun des Achéens ne pouvait l'agiter dans
les airs ; Achille seul savait la brandir : c'était un frêne que Chiron
coupa sur les cimes du Pélion et qu'il donna au père chéri d'Achille
pour immoler les héros. Il ordonne aussitôt à Automédon d'atteler les
coursiers ; après l'irrésistible Achille, c'est le guerrier que Patrocle

Δύσεο τεύχεα θᾶσσον,	Revêts *mes* armes vite,
ἐγὼ δέ κεν ἀγείρω λαόν. »	et moi je rassemblerai le peuple. »
Φάτο ὥς· Πάτροκλος δὲ	Il dit ainsi; et Patrocle
κορύσσετο χαλκῷ νώροπι.	s'armait de l'airain éblouissant.
Πρῶτα μὲν ἔθηκε	D'abord à la vérité il plaça
περὶ κνήμῃσι	autour de *ses* jambes
κνημῖδας καλὰς,	des cnémides belles,
ἀραρυίας	bien-ajustées
ἐπισφυρίοις ἀργυρέοισιν·	par des agrafes d'-argent;
αὖ δεύτερον	puis en-second-lieu
ἔδυνε περὶ στήθεσσι	il revêtit autour de *sa* poitrine
θώρηκα ποικίλον, ἀστερόεντα	la cuirasse variée, étincelante
Αἰακίδαο ποδώκεος·	du fils-d'Éaque rapide-des-pieds;
βάλετο δὲ ἄρα ἀμφὶ ὤμοισι	et il se mit donc autour des épaules
ξίφος χάλκεον,	une épée d'-airain,
ἀργυρόηλον·	aux-clous-d'-argent;
αὐτὰρ ἔπειτα σάκος	et ensuite un bouclier
μέγα τε στιβαρόν τε	et grand et fort;
ἐπέθηκε δὲ κρατὶ ἰφθίμῳ	et il plaça-sur *sa* tête courageuse
κυνέην εὔτυκτον,	un casque bien-travaillé,
ἵππουριν·	garni-d'une-queue-de-cheval;
λόφος δὲ	et un panache
ἔνευε δεινὸν καθύπερθεν.	se penchait terriblement d'en-haut.
Εἵλετο δὲ δοῦρε ἄλκιμα,	Et il prit des lances fortes,
τὰ ἀρήρει παλάμηφίν οἱ.	qui étaient adaptées aux mains à lui.
Οὐ δὲ ἕλετο ἔγχος οἶον	Mais il ne prit pas la lance seule
βριθὺ, μέγα, στιβαρὸν	lourde, grande, forte
Αἰακίδαο ἀμύμονος·	du fils-d'Éaque irréprochable;
ἄλλος Ἀχαιῶν μὲν	un autre des Achéens à la vérité
οὐ δύνατο πάλλειν τὸ,	ne pouvait pas agiter celle-ci,
ἀλλὰ Ἀχιλλεὺς οἶος	mais Achille seul
ἐπίστατο πῆλαί μιν	savait agiter elle;
μελίην Πηλιάδα,	un frêne du-Pélion,
τὴν ἐκ κορυφῆς Πηλίου	lequel *venu* du sommet du Pélion
Χείρων πόρε πατρὶ φίλῳ,	Chiron donna à *son* père chéri,
ἔμμεναι φόνον ἥρώεσσιν.	*pour* être meurtre aux héros.
Ἄνωγε δὲ Αὐτομέδοντα,	Et il ordonna Automédon,
τὸν τῖε μάλιστα	lequel il honorait le plus
μετὰ Ἀχιλλῆα ῥηξήνορα,	après Achille qui-force-les-hommes,
ζευγνῦμεν θοῶς ἵππους·	atteler vite les chevaux;

πιστότατος δέ οἱ ἔσκε μάχῃ ἔνι μεῖναι ὁμοκλήν.

Τῷ δὲ καὶ Αὐτομέδων ὕπαγε ζυγὸν ὠκέας ἵππους,

Ξάνθον καὶ Βαλίον, τὼ ἅμα πνοιῇσι πετέσθην·

τοὺς ἔτεκε Ζεφύρῳ ἀνέμῳ Ἅρπυια[1] Ποδάργη,   150

βοσκομένη λειμῶνι παρὰ ῥόον Ὠκεανοῖο.

Ἐν δὲ παρηορίῃσιν ἀμύμονα Πήδασον ἵει[2],

τόν ῥά ποτ' Ἠετίωνος ἑλὼν πόλιν ἤγαγ' Ἀχιλλεύς·

ὅς, καὶ θνητὸς ἐὼν, ἕπεθ' ἵπποις ἀθανάτοισι.

    Μυρμιδόνας δ' ἄρ' ἐποιχόμενος[3] θώρηξεν Ἀχιλλεὺς   155

πάντας ἀνὰ κλισίας σὺν τεύχεσιν· οἱ δὲ, λύκοι ὣς

ὠμοφάγοι, τοῖσίντε περὶ φρεσὶν ἄσπετος ἀλκή,

οἵτ' ἔλαφον κεραὸν μέγαν οὔρεσι δηώσαντες

δάπτουσιν· πᾶσιν δὲ παρήϊον αἵματι φοινόν·

καί τ' ἀγεληδὸν ἴασιν, ἀπὸ κρήνης μελανύδρου   160

λάψοντες γλώσσῃσιν ἀραιῇσιν μέλαν ὕδωρ

ἄκρον, ἐρευγόμενοι φόνον αἵματος· ἐν δέ τε θυμὸς

στήθεσιν ἄτρομός ἐστι, περιστένεται δέ τε γαστήρ·

honore le plus; il était son plus fidèle compagnon pour braver dans le combat les menaces de l'ennemi. Alors Automédon place sous le joug les chevaux agiles, Xanthus et Balius, qui volent aussi rapides que le vent; Podarge, l'une des Harpyes, les conçut du Zéphyre, tandis qu'elle paissait dans une prairie près des rives de l'Océan. Il attache à leurs côtés l'irréprochable Pédase qu'enleva jadis Achille quand il s'empara de la ville d'Éétion; ce coursier, bien que mortel, égale en vitesse les coursiers immortels.

Achille parcourt les tentes et fait prendre les armes à tous les Myrmidons. De même que les loups dévorants, dont les poitrines respirent la force et la vigueur, déchirent un cerf à la haute ramure, qu'ils ont tué sur les montagnes; leurs mâchoires sont tout ensanglantées; ils vont en troupe à une source profonde, et de leurs langues amincies ils lapent la noire surface des eaux, et rejettent le sang du carnage; leur cœur est intrépide et leur corps est rassasié : de même les

Ἔσκε δέ οἱ	or *Automédon* était à lui
πιστότατος μεῖναι	le plus fidèle *pour* soutenir
ὁμοκλὴν ἐνὶ μάχῃ.	les cris-menaçants dans le combat.
Τῷ δὲ καὶ Αὐτομέδων	Alors donc aussi Automédon
ὕπαγε ζυγὸν	mena-sous le joug
ἵππους ὠκέας,	les chevaux rapides,
Ξάνθον καὶ Βαλίον,	Xanthus et Balius,
τὼ πετέσθην ἅμα πνοιῇσι·	qui volèrent avec les vents;
Ποδάργη Ἅρπυια,	Podarge Harpye,
βοσκομένη λειμῶνι	paissant dans une prairie
παρὰ ῥόον Ὠκεανοῖο,	près du courant de l'Océan,
ἔτεκε τοὺς ἀνέμῳ Ζεφύρῳ.	enfanta eux du vent Zéphyr.
Ἐνίει δὲ παρηορίῃσι	Et il mit aux longes-latérales
Πήδασον ἀμύμονα,	Pédase irréprochable,
τόν ῥα Ἀχιλλεὺς ἤγαγέ ποτε	lequel Achille emmena autrefois
ἑλὼν πόλιν Ἠετίωνος·	ayant pris la ville d'Éétion;
ὅς, καὶ ἐὼν θνητὸς,	lequel, même étant mortel,
ἕπετο ἵπποις ἀθανάτοισιν.	suivait les chevaux immortels.
Ἀχιλλεὺς δὲ ἄρα	Or donc Achille
ἐποιχόμενος πάντας Μυρμιδόνας	parcourant tous les Myrmidons
θώρηξε σὺν τεύχεσιν	*les* équipa avec des armes
ἀνὰ κλισίας·	dans les tentes;
οἱ δὲ,	et ceux-ci,
ὡς λύκοι ὠμοφάγοι,	comme des loups qui-mangent-cru,
τοῖσίντε ἀλκὴ ἄσπετος	auxquels *est* une force prodigieuse
περὶ φρεσὶν,	dans *leurs* poitrines,
οἵτε δάπτουσιν	lesquels déchirent
ἔλαφον κεραὸν μέγαν	un cerf cornu grand
δῃώσαντες οὔρεσι·	*l'*ayant tué sur les montagnes;
παρήϊον δὲ πᾶσι	et la mâchoire à tous
φοινὸν αἵματι·	*est* rouge de sang;
καί τε ἴασιν ἀγεληδὸν,	et ils vont en-troupe,
λάψοντες	devant laper
γλώσσῃσιν ἀραιῇσιν	avec *leurs* langues minces
ἀπὸ κρήνης μελανύδρου	à une source aux-eaux-noires
ὕδωρ μέλαν ἄκρον,	une eau noire à-la-surface,
ἐρευγόμενοι φόνον αἵματος·	rejetant le sang du meurtre;
θυμὸς δέ τε ἐν στήθεσίν	et *leur* cœur dans *leurs* poitrines
ἐστιν ἄτρομος,	est intrépide;
γαστὴρ δέ τε περιστένεται·	et *leur* ventre devient-étroit :

τοῖοι Μυρμιδόνων ἡγήτορες ἠδὲ μέδοντες
ἀμφ᾽ ἀγαθὸν θεράποντα ποδώκεος Αἰακίδαο   165
ῥώοντ᾽· ἐν δ᾽ ἄρα τοῖσιν Ἀρήϊος ἵστατ᾽ Ἀχιλλεὺς
ὀτρύνων ἵππους τε καὶ ἀνέρας ἀσπιδιώτας.

    Πεντήκοντ᾽ ἦσαν νῆες θοαὶ, ᾗσιν Ἀχιλλεὺς
ἐς Τροίην ἡγεῖτο Διῒ φίλος· ἐν δ᾽ ἄρ᾽ ἑκάστη
πεντήκοντ᾽ ἔσαν ἄνδρες ἐπὶ κληῖσιν ἑταῖροι·   170
πέντε δ᾽ ἄρ᾽ ἡγεμόνας ποιήσατο, τοῖς ἐπεποίθει,
σημαίνειν· αὐτὸς δὲ μέγα κρατέων ἤνασσε.
Τῆς μὲν ἰῆς στιχὸς ἦρχε Μενέσθιος αἰολοθώρηξ,
υἱὸς Σπερχειοῖο, Διϊπετέος ποταμοῖο·
ὃν τέκε Πηλῆος θυγάτηρ, καλὴ Πολυδώρη,   175
Σπερχειῷ ἀκάμαντι, γυνὴ θεῷ εὐνηθεῖσα,
αὐτὰρ ἐπίκλησιν Βώρῳ, Περιήρεος υἷϊ,
ὅς ῥ᾽ ἀναφανδὸν ὄπυιε, πορὼν ἀπερείσια ἕδνα.
Τῆς δ᾽ ἑτέρης Εὔδωρος Ἀρήϊος ἡγεμόνευε,
παρθένιος, τὸν ἔτικτε χορῷ καλὴ Πολυμήλη,   180

chefs et les princes des Myrmidons entourent avec ardeur le valeureux compagnon du rapide fils d'Éaque. Au milieu d'eux paraît le belliqueux Achille qui excite les coursiers et les hommes couverts de boucliers.

Cinquante vaisseaux rapides furent conduits aux rivages troyens par Achille cher à Jupiter; dans chaque navire cinquante guerriers se placèrent sur les bancs des rameurs. Achille donna le commandement de la flotte à cinq chefs qui avaient toute sa confiance, et se réserva le pouvoir suprême. La première rangée s'avança sous les ordres de Ménesthius à la superbe cuirasse, de Ménesthius fils de Sperchius issu de Jupiter; il dut le jour à la fille de Pélée, à la belle Polydore, qui, femme mortelle, partagea la couche d'un dieu, de l'infatigable Sperchius; mais, si l'on en croit la renommée, Ménesthius eut pour père le fils de Périérès, Borus, qui épousa publiquement Polydore, après l'avoir comblée de magnifiques présents. La seconde est conduite par le fils d'une jeune fille, le belliqueux Eudore, qu'enfanta la fille de Phylas, Polymèle, si gracieuse dans les chœurs de danse; le

τοῖοι ἡγήτορες	tels les chefs
ἠδὲ μέδοντες Μυρμιδόνων	et les princes des Myrmidons
ῥώοντο ἀμφὶ	s'empressaient autour
θεράποντα ἀγαθὸν	du serviteur brave
Αἰακίδαο ποδώκεος ·	du fils-d'Éaque rapide-des-pieds ;
Ἀχιλλεὺς δὲ ἄρα Ἀρήϊος	et donc Achille martial
ἵστατο ἐν τοῖσιν,	se tenait au milieu d'eux,
ὀτρύνων ἵππους τε	excitant et les chevaux
καὶ ἀνέρας ἀσπιδιώτας.	et les hommes armés-de-boucliers.
Πεντήκοντα νῆες θοαὶ	Cinquante vaisseaux rapides
ἦσαν,	étaient,
ἧσιν Ἀχιλλεὺς φίλος Διὶ	auxquels Achille cher à Jupiter
ἡγεῖτο ἐς Τροίην ·	servait-de-guide vers Troie ;
ἐν δὲ ἄρα ἑκάστῃ	et donc dans chacun
πεντήκοντα ἄνδρες ἑταῖροι	cinquante hommes alliés
ἔσαν ἐπὶ κληῖσιν·	étaient sur les bancs-des-rameurs ;
ποιήσατο δὲ ἄρα σημαίνειν	et il nomma *pour* commander
πέντε ἡγεμόνας,	cinq chefs,
τοῖς ἐπεποίθει ·	dans lesquels il avait-confiance :
αὐτὸς δὲ ἤνασσε	et lui-même commandait
κρατέων μέγα.	ayant-du-pouvoir grandement.
Μενέσθιος αἰολοθώρηξ,	Ménesthius à-la-cuirasse-variée,
υἱὸς Σπερχειοῖο,	fils de Sperchius,
ποταμοῖο Διϊπετέος,	fleuve venu-de-Jupiter,
ἦρχε μὲν τῆς ἰῆς στιχός·	était-chef à la vérité d'une ligne ;
ὃν	lequel *Ménesthius*
θυγάτηρ Πηλῆος,	la fille de Pélée
Πολυδώρη καλὴ,	Polydore belle,
γυνὴ εὐνηθεῖσα θεῷ,	femme ayant couché avec un dieu,
τέκε Σπερχειῷ ἀκάμαντι,	enfanta à Sperchius infatigable,
αὐτὰρ ἐπίκλησιν	mais *d'après* la renommée
Βώρῳ, υἷϊ Περιήρεος,	à Borus, fils de Périérès,
ὅς ῥα ὄπυιεν ἀναφανδὸν,	qui *l'*épousa ouvertement
πορὼν	*lui* ayant donné
ἔδνα ἀπερείσια.	des présents immenses.
Εὔδωρος δὲ Ἀρήϊος	Et Eudore martial
ἡγεμόνευε τῆς ἑτέρης,	commandait l'autre *ligne*,
παρθένιος,	*Eudore*, né-d'une-jeune-fille,
τὸν Πολυμήλη,	lequel Polymèle,
θυγάτηρ Φύλαντος,	fille de Phylas,

Φύλαντος θυγάτηρ· τῆς δὲ κρατὺς Ἀργειφόντης

ἠράσατ’, ὀφθαλμοῖσιν ἰδὼν μετὰ μελπομένῃσιν

ἐν χορῷ Ἀρτέμιδος χρυσηλακάτου, κελαδεινῆς.

Αὐτίκα δ’ εἰς ὑπερῷ’ ἀναβὰς, παρελέξατο λάθρη

Ἑρμείας ἀκάκητα· πόρεν δέ οἱ ἀγλαὸν υἱὸν   185

Εὔδωρον, πέρι μὲν θείειν ταχὺν ἠδὲ μαχητήν.

Αὐτὰρ ἐπειδὴ τόνγε μογοστόκος Εἰλείθυια

ἐξάγαγε πρὸ φόωσδε, καὶ Ἠελίου ἴδεν αὐγὰς,

τὴν μὲν Ἐχεκλῆος κρατερὸν μένος Ἀκτορίδαο

ἠγάγετο πρὸς δώματ’, ἐπεὶ πόρε μυρία ἔδνα·   190

τὸν δ’ ὁ γέρων Φύλας εὖ ἔτρεφεν, ἠδ’ ἀτίταλλεν,

ἀμφαγαπαζόμενος, ὡσεί θ’ ἐὸν υἱὸν ἐόντα.

Τῆς δὲ τρίτης Πείσανδρος Ἀρήϊος ἡγεμόνευε,

Μαιμαλίδης, ὃς πᾶσι μετέπρεπε Μυρμιδόνεσσιν

ἔγχεϊ μάρνασθαι, μετὰ Πηλείωνος ἑταῖρον.   195

puissant meurtrier d’Argus fut épris d’amour, lorsqu’il la vit au milieu de ses compagnes célébrant par de joyeux ébats la bruyante Diane à l’arc d’or. Aussitôt le bienveillant Mercure monte aux appartements supérieurs, et s’unit secrètement à Polymèle; elle lui donne un fils illustre, Eudore, rapide à la course et valeureux dans les combats. Lorsque l’une des Illthyes qui président aux enfantements, l’eut mis au jour, et qu’il eut ouvert les yeux aux rayons du Soleil, le courageux Échéclès, fils d’Actor, conduisit Polymèle dans sa demeure, après l’avoir comblée de présents. Le vieux Phylas nourrit et éleva l’enfant avec soin, le chérissant comme s’il eût été son propre fils. La troisième a pour chef le fils de Mœmalus, le belliqueux Pisandre, qui, après le compagnon du fils de Pélée, est de tous les Myrmidons le plus habile à combattre avec la lance. La quatrième est commandée

καλὴ χορῷ,	belle dans les chœurs,
ἔτικτε·	enfanta;
κρατὺς δὲ Ἀργειφόντης	or le puissant meurtrier-d'Argus
ἠράσατο τῆς,	aima celle-ci,
ἰδὼν ὀφθαλμοῖσι	*l'*ayant vue de *ses* yeux
μετὰ μελπομένῃσιν	parmi *celles* chantant-et-dansant
ἐν χορῷ Ἀρτέμιδος	dans un chœur de Diane
χρυσηλακάτου, κελαδεινῆς.	à-l'arc-d'or, bruyante.
Αὐτίκα δὲ ἀναβὰς	Et aussitôt étant monté
εἰς ὑπερῷα,	aux appartements-supérieurs,
Ἑρμείας ἀκάκητα	Mercure bienveillant
παρελέξατο λάθρη·	coucha en-secret *avec elle;*
πόρε δέ οἱ	et elle donna à lui
υἱὸν ἀγλαὸν Εὔδωρον,	un fils illustre Eudore,
πέρι ταχὺν μὲν θείειν	très-rapide à la vérité *pour* courir
ἠδὲ μαχητήν.	et guerrier.
Αὐτὰρ ἐπειδὴ Εἰλείθυια	Et lorsque Ilithye
μογοστόκος	qui-préside-aux-enfantements
προεξάγαγε τόνγε φόωσδε,	eut amené lui à la lumière,
καὶ ἴδεν	et *que lui-même* eut vu
αὐγὰς Ἡελίου,	les rayons du Soleil,
μένος κρατερὸν	la force puissante
Ἐχεκλῆος Ἀκτορίδαο	d'Échéclès fils-d'Actor
ἠγάγετο τὴν μὲν	emmena celle-ci à la vérité
πρὸς δώματα,	dans *ses* demeures,
ἐπεὶ πόρεν	lorsqu'il *lui* eut donné
ἕδνα μυρία·	des présents innombrables;
ὁ δὲ γέρων Φύλας	et le vieillard Phylas
ἔτρεφεν εὖ τὸν,	élevait bien lui (Eudore),
ἠδὲ ἀτίταλλεν,	et *le* soignait,
ἀμφαγαπαζόμενος,	entourant-de-*son-*amour *lui*,
ὡσεί τε ἐόντα ἑὸν υἱόν.	comme étant son fils.
Πείσανδρος δὲ Ἀρήιος	Et Pisandre martial
ἡγεμόνευε τῆς τρίτης,	commandait la troisième *ligne*,
Μαιμαλίδης,	*Pisandre* fils-de-Mæmalus,
ὃς μετέπρεπε	lequel excellait-parmi
πᾶσι Μυρμιδόνεσσι	tous les Myrmidons
μάρνασθαι ἔγχει,	*pour* combattre par la lance,
μετὰ ἑταῖρον,	après le compagnon
Πηλείωνος.	du fils-de-Pélée.

Τῆς δὲ τετάρτης ἦρχε γέρων ἱππηλάτα Φοῖνιξ·
πέμπτης δ' Ἀλκιμέδων, Λαέρχεος υἱὸς ἀμύμων.
Αὐτὰρ ἐπειδὴ πάντας ἅμ' ἡγεμόνεσσιν Ἀχιλλεὺς
στῆσεν ἐὺ κρίνας, κρατερὸν δ' ἐπὶ μῦθον ἔτελλε·

« Μυρμιδόνες, μή τις μοι ἀπειλάων λελαθέσθω,   200
ἃς ἐπὶ νηυσὶ θοῇσιν ἀπειλεῖτε Τρώεσσι,
πάνθ' ὑπὸ μηνιθμὸν, καί μ' ἠτιάασθε ἕκαστος·
Σχέτλιε, Πηλέος υἱὲ, χόλῳ ἄρα σ' ἔτρεφε μήτηρ·
νηλεές! ὃς παρὰ νηυσὶν ἔχεις ἀέκοντας ἑταίρους.
Οἴκαδέ περ σὺν νηυσὶ νεώμεθα ποντοπόροισιν   205
αὖτις, ἐπεί ῥά τοι ὧδε κακὸς χόλος ἔμπεσε θυμῷ. —
Ταῦτά μ' ἀγειρόμενοι θάμ' ἐβάζετε· νῦν δὲ πέφανται
φυλόπιδος μέγα ἔργον, ἕης τοπρίν γ' ἐράασθε.
Ἔνθα τις ἄλκιμον ἦτορ ἔχων Τρώεσσι μαχέσθω. »
Ὣς εἰπὼν, ὤτρυνε μένος¹ καὶ θυμὸν ἑκάστου·   210

par le vieux Phénix, conducteur de coursiers, et la cinquième par Alcimédon, fils irréprochable de Laercès. Lorsqu'Achille a disposé avec ordre les guerriers et les chefs, il leur adresse ces paroles sévères :

« Myrmidons, n'oubliez point les menaces que, sur nos vaisseaux rapides, vous proxériez contre les Troyens, tant que dura ma colère; chacun de vous m'accusait en ces termes : — Cruel fils de Pélée, ta mère t'a donc nourri de fiel! Cœur impitoyable! tu retiens auprès des vaisseaux tes compagnons, malgré leur noble ardeur. Retournons dans notre patrie sur nos navires qui sillonnent les mers, puisqu'un funeste courroux s'est emparé de ton âme. — Voilà les paroles que vous me répétiez souvent, lorsque vous étiez réunis; maintenant apparaît l'œuvre terrible du combat que vous avez appelé de vos vœux. Que les braves marchent contre les Troyens! »

Ces paroles enflamment les cœurs et raniment tous les courages;

Ϊέρων δὲ Φοῖνιξ	Et le vieillard Phénix
ἱππηλάτα	conducteur-de-chevaux
ἦρχε τῆς τετάρτης·	était-chef de la quatrième;
Ἀλκιμέδων δὲ,	et Alcimédon,
υἱὸς ἀμύμων Λαέρχεος,	fils irréprochable de Laercès,
πέμπτης.	*était chef* de la cinquième.
Αὐτὰρ ἐπειδὴ Ἀχιλλεὺς στῆσε	Mais lorsque Achille eut placé
πάντας ἅμα ἡγεμόνεσσι	tous *les hommes* avec *leurs* chefs
κρίνας εὖ,	*les* ayant rangés bien,
ἐπέτελλε δὲ	il *leur* adressait alors
μῦθον κρατερόν·	*ce* discours violent :
« Μυρμιδόνες, μήτις	« Myrmidons, qu'aucun
μοι λελαθέσθω ἀπειλάων,	ne m'oublie les menaces,
ἃς ἀπειλεῖτε Τρώεσσιν	que vous menaciez aux Troyens
ἐπὶ νηυσὶ θοῇσιν,	sur les vaisseaux rapides,
ὑπὸ παντα μηνιθμὸν,	pendant toute *ma* colère,
καί με ἠτιάασθε ἕκαστος·	et vous m'accusiez *ainsi* chacun :
Σχέτλιε, υἱὲ Πηλέος,	Cruel, fils de Pélée,
μήτηρ ἔτρεφεν ἄρα σε χόλῳ·	*ta* mère nourrissait donc toi de fiel;
νηλεές! ὅς	cruel! *toi* qui
ἔχεις παρὰ νηυσὶν	retiens près des vaisseaux
ἑταίρους ἀέκοντας.	*les* compagnons malgré-eux.
Νεώμεθά περ αὖτις οἴκαδε	Allons de nouveau dans-la-patrie
σὺν νηυσὶ	avec les vaisseaux
ποντοπόροισιν,	qui-traversent-les-mers,
ἐπεί ῥα χόλος κακὸς	puisque donc une colère mauvaise
ἔμπεσεν ὧδέ τοι	est tombée ainsi à toi
θυμῷ. —	dans *ton* cœur. —
Ἀγειρόμενοι	Étant rassemblés
ἐβάζετε θάμα	vous disiez souvent
ταῦτά με·	ces choses à moi;
νῦν δὲ πέφανται	et maintenant est apparu
ἔργον μέγα φυλόπιδος,	l'œuvre grande du combat,
ἕης τοπρίν γε	lequel auparavant du moins
ἐράασθε.	vous aimiez.
Ἔνθα τις	Alors que quelqu'un
ἔχων ἦτορ ἄλκιμον	ayant un cœur courageux
μαχέσθω Τρώεσσιν. »	combatte les Troyens. »
Εἰπὼν ὥς, ὤτρυνε	Ayant dit ainsi, il excita
μένος καὶ θυμὸν ἑκάστου·	la force et le courage de chacun;

μᾶλλον δὲ στίχες ἄρθεν, ἐπεὶ βασιλῆος ἄκουσαν.
Ὡς δ' ὅτε τοῖχον ἀνὴρ ἀράρῃ πυκινοῖσι λίθοισι
δώματος ὑψηλοῖο, βίας ἀνέμων ἀλεείνων·
ὣς ἄραρον κόρυθές τε καὶ ἀσπίδες ὀμφαλόεσσαι·
ἀσπὶς ἄρ' ἀσπίδ' ἔρειδε, κόρυς κόρυν, ἀνέρα δ' ἀνήρ· 215
ψαῦον δ' ἱππόκομοι κόρυθες λαμπροῖσι φάλοισι
νευόντων· ὣς πυκνοὶ ἐφέστασαν ἀλλήλοισι!
Πάντων δὲ προπάροιθε δύ' ἀνέρε θωρήσσοντο,
Πάτροκλός τε καὶ Αὐτομέδων, ἕνα θυμὸν ἔχοντες,
πρόσθεν Μυρμιδόνων πολεμιζέμεν. Αὐτὰρ Ἀχιλλεὺς 220
βῆ ρ' ἴμεν ἐς κλισίην· χηλοῦ δ' ἀπὸ πῶμ' ἀνέῳγε
καλῆς, δαιδαλέης, τήν οἱ Θέτις ἀργυρόπεζα
θῆκ' ἐπὶ νηὸς ἄγεσθαι, εὖ πλήσασα χιτώνων,
χλαινάων τ' ἀνεμοσκεπέων, οὔλων τε ταπήτων.
Ἔνθα δέ οἱ δέπας ἔσκε τετυγμένον, οὐδέ τις ἄλλος 225
οὔτ' ἀνδρῶν πίνεσκεν ἀπ' αὐτοῦ αἴθοπα οἶνον,

aux ordres du roi les rangs se pressent de toutes parts. De même
qu'un homme construit, avec des pierres solidement jointes, le mur
d'une maison élevée, pour se garantir de la fureur des vents : de
même les casques et les boucliers arrondis se rapprochent de tous
côtés ; le bouclier presse le bouclier, le casque presse le casque, le
guerrier presse le guerrier ; sur les cimiers à l'épaisse crinière se con-
fondent les aigrettes brillantes des guerriers qui se penchent, tant
les rangs sont serrés ! Avant tous les autres s'avancent, couverts de
leurs armes, deux héros, Patrocle et Automédon, qui, animés
d'un même courage, vont combattre au premier rang. Achille rentre
dans sa tente ; il lève le couvercle d'un magnifique et superbe coffre,
que Thétis aux pieds d'argent plaça sur le navire, après l'avoir bien
rempli de tuniques, de manteaux impénétrables au souffle des vents,
et de moelleux tapis. Il s'y trouvait une coupe artistement travaillée ;

στίχες δὲ	et les rangs
ἄρθεν μᾶλλον,	se serrèrent davantage,
ἐπεὶ ἄκουσαν βασιλῆος.	lorsqu'ils eurent entendu *leur* roi.
Ὡς δὲ ὅτε ἀνὴρ	Or comme lorsque un homme
ἀράρῃ λίθοισι πυκινοῖσι	arrange par des pierres serrées
τοῖχον δώματος ὑψηλοῖο,	le mur d'une maison élevée,
ἀλεείνων βίας ἀνέμων·	évitant les violences des vents :
ὣς ἄραρον	ainsi étaient étroitement-unis
κόρυθές τε	et les casques
καὶ ἀσπίδες ὀμφαλόεσσαι·	et les boucliers relevés-en-bosse :
ἀσπὶς ἄρα	le bouclier donc
ἔρειδεν ἀσπίδα,	pressait le bouclier,
κόρυς κόρυν,	le casque *pressait* le casque,
ἀνὴρ δὲ ἀνέρα·	et l'homme *pressait* l'homme ;
κόρυθες δὲ ἱππόκομοι	et les casques à-la-crinière-de-cheval
νευόντων	des *guerriers* se penchant
ψαῦον φάλοισι λαμπροῖσιν·	*se* touchaient par les cônes brillants ;
ὣς ἐφέστασαν πυκνοὶ	tant ils se tinrent serrés
ἀλλήλοισι !	les uns contre les autres !
Προπάροιθε δὲ πάντων	Et avant tous
δύο ἀνέρε,	deux hommes,
Πάτροκλός τε καὶ Αὐτομέδων,	et Patrocle et Automédon,
ἔχοντες ἕνα θυμὸν,	ayant un-même cœur,
θωρήσσοντο πολεμιζέμεν	s'armaient *pour* combattre
πρόσθεν Μυρμιδόνων.	en avant des Myrmidons.
Αὐτὰρ Ἀχιλλεὺς βῆ ῥα ἴμεν	Mais Achille marcha *pour* aller
ἐς κλισίην·	vers *sa* tente ;
ἀνέῳγε δὲ πῶμα	et il ouvrit (leva) le couvercle
ἀπὸ χηλοῦ καλῆς,	d'un coffre beau,
δαιδαλέης.	artistement-fait,
τὴν Θέτις ἀργυρόπεζα	lequel Thétis aux-pieds-d'argent
θῆκέν οἱ ἐπὶ νηὸς	plaça à lui sur *son* vaisseau
ἄγεσθαι,	*pour* l'emporter,
πλήσασα εὖ χιτώνων,	l'ayant rempli bien de tuniques,
χλαινάων τε	et de manteaux
ἀνεμοσκεπέων.	qui-protégent-contre-le-vent,
ταπήτων τε οὔλων.	et de tapis frisés (moelleux).
Ἔνθα δὲ ἔσκεν οἱ	Et là était à lui
δέπας τετυγμένον,	une coupe *bien* faite,
οὐδέ τις ἄλλος ἀνδρῶν	et aucun autre des hommes

οὔτε τεῳ σπένδεσκε θεῶν. ὅτε μὴ Διὶ πατρί.
Τό ῥα τότ᾽ ἐκ χηλοῖο λαβὼν, ἐκάθηρε θεείῳ,
πρῶτον, ἔπειτα δὲ νίψ᾽ ὕδατος καλῇσι ῥοῇσι·
νίψατο δ᾽ αὐτὸς χεῖρας, ἀφύσσατο δ᾽ αἴθοπα οἶνον·   280
εὔχετ᾽ ἔπειτα στὰς μέσῳ ἕρκεϊ, λεῖβε δὲ οἶνον,
οὐρανὸν εἰσανιδών· Δία δ᾽ οὐ λάθε τερπικέραυνον·

« Ζεῦ ἄνα, Δωδωναῖε[1], Πελασγικὲ, τηλόθι ναίων,
Δωδώνης μεδέων δυσχειμέρου· ἀμφὶ δὲ Σελλοὶ
σοὶ ναίουσ᾽ ὑποφῆται ἀνιπτόποδες, χαμαιεῦναι·   235
ἦ μὲν δή ποτ᾽ ἐμὸν ἔπος ἔκλυες εὐξαμένοιο,
τίμησας μὲν ἐμὲ, μέγα δ᾽ ἴψαο λαὸν Ἀχαιῶν·
ἠδ᾽ ἔτι καὶ νῦν μοι τόδ᾽ ἐπικρήηνον ἐέλδωρ·
αὐτὸς μὲν γὰρ ἐγὼ μενέω νηῶν ἐν ἀγῶνι,
ἀλλ᾽ ἕταρον πέμπω, πολέσιν μετὰ Μυρμιδόνεσσι,   240

nul autre que lui parmi les Grecs n'y buvait le vin aux noires couleurs, et cette coupe ne servait à faire des libations qu'en l'honneur du souverain Jupiter. Achille la prend dans le coffre, la purifie avec le soufre; puis il la plonge dans une eau pure et limpide, lave ses mains et puise un vin aux noires couleurs; alors se tenant au milieu de l'enceinte, il adresse des prières à Jupiter, et fait des libations, les yeux levés vers le ciel; il n'échappe pas aux regards du dieu qui se plaît à lancer la foudre :

« Souverain Jupiter, protecteur des Dodonéens et des Pélasges, toi qui habites loin de ces lieux et qui règnes sur Dodone aux rigoureux hivers, toi qu'entourent les Selles, tes interprètes, qui ne se lavent jamais les pieds et qui n'ont d'autre lit que la terre, déjà tu as entendu ma prière, tu m'as honoré en accablant de malheurs le peuple des Achéens; daigne aujourd'hui exaucer encore une fois mes vœux : je reste dans cet endroit où stationnent les vaisseaux, mais j'envoie mon compagnon pour combattre à la tête des nombreux Myrmidons.

οὔτε πίνεσκεν ἀπο αὐτοῦ	ne buvait dans celle-ci
οἶνον αἴθοπα,	le vin noir,
οὔτε σπένδεσκέ	et ne faisait-des-libations
τεῳ θεῶν,	à quelqu'un des dieux,
ὅτε μὴ	quand *ce n'était* pas
Διὶ πατρί.	à Jupiter père (souverain).
Τότε ῥα λαβὼν τὸ	Alors donc ayant pris celle-ci
ἐκ χηλοῖο,	dans le coffre,
ἐκάθηρε πρῶτον θεείῳ,	il *la* purifia d'abord par le soufre,
ἔπειτα δὲ νίψε	et ensuite il *la* lava
καλῆσι ῥοῆσιν ὕδατος·	par de beaux courants d'eau ;
αὐτὸς δὲ νίψατο χεῖρας,	et lui-même se lava les mains,
ἀφύσσατο δὲ οἶνον αἴθοπα·	et puisa un vin noir ;
ἔπειτα εὔχετο	ensuite il priait
στὰς μέσῳ ἔρκεῖ,	se tenant au-milieu de l'enceinte,
λεῖβε δὲ οἶνον,	et offrait-en-libation le vin,
εἰσανιδὼν οὐρανόν·	ayant regardé le ciel ;
οὐ δὲ λάθε Δία	et il n'échappa pas à Jupiter
τερπικέραυνον·	qui-se-réjouit-de-la-foudre :
« Ζεῦ ἄνα,	« Jupiter souverain,
Δωδωναῖε, Πελασγικὲ,	Dodonéen, Pélasgique,
ναίων τηλόθι,	habitant loin *d'ici*,
μεδέων Δωδώνης δυσχειμέρου·	roi de Dodone où-l'hiver-est-rude ;
Σελλοὶ δὲ σοὶ ὑποφῆται	et les Selles *tes* interprètes
ἀνιπτόποδες,	qui-ne-se-lavent-point-les-pieds,
χαμαιεῦναι,	qui-couchent-par-terre,
ναίουσιν ἀμφί·	habitent autour ;
ἦ μέν ποτε δὴ	certes à la vérité autrefois déjà
ἔκλυες ἐμὸν ἔπος	tu as entendu ma parole
εὐξαμένοιο,	de *moi* ayant prié,
τίμησας μὲν ἐμὲ,	tu as honoré à la vérité moi,
ἴψαο δὲ μέγα	et tu as affligé grandement
λαὸν Ἀχαιῶν·	le peuple des Achéens ;
ἠδὲ καὶ ἔτι νῦν	et même encore maintenant
ἐπικρήηνόν μοι τόδε ἐέλδωρ·	accomplis à moi ce vœu :
ἐγὼ γὰρ αὐτὸς μὲν μενέω	car moi même à la vérité, je resterai
ἐν ἀγῶνι νηῶν,	dans le lieu-de-station des vaisseaux,
ἀλλὰ πέμπω ἕταρον,	mais j'envoie *mon* compagnon,
μετὰ Μυρμιδόνεσσι πολέσι,	avec les Myrmidons nombreux,
μάρνασθαι.	*pour* combattre.

μάρνασθαι. Τῷ κῦδος ἅμα πρόες, εὐρύοπα Ζεῦ·
θάρσυνον δέ οἱ ἦτορ ἐνὶ φρεσὶν, ὄφρα καὶ Ἕκτωρ
εἴσεται ἤ ῥα καὶ οἶος ἐπίστηται πολεμίζειν
ἡμέτερος θεράπων, ἦ οἱ τότε χεῖρες ἄαπτοι
μαίνονθ', ὁππότ' ἐγώ περ ἴω μετὰ μῶλον Ἄρηος.   245
Αὐτὰρ ἐπεί κ' ἀπὸ ναῦφι μάχην ἐνοπήν τε δίηται,
ἀσκηθής μοι ἔπειτα θοὰς ἐπὶ νῆας ἵκοιτο,
τεύχεσί τε ξὺν πᾶσι καὶ ἀγχεμάχοις ἑτάροισιν. »

    Ὣς ἔφατ' εὐχόμενος[1]· τοῦ δ' ἔκλυε μητίετα Ζεύς·
τῷ δ' ἕτερον μὲν ἔδωκε πατήρ, ἕτερον δ' ἀνένευσε·   250
νηῶν μέν οἱ ἀπώσασθαι πόλεμόν τε μάχην τε
δῶκε, σόον δ' ἀνένευσε μάχης ἐξ ἀπονέεσθαι.
Ἤτοι ὁ μὲν σπείσας τε καὶ εὐξάμενος Διὶ πατρὶ,
ἂψ κλισίην εἰσῆλθε, δέπας δ' ἀπέθηκ' ἐνὶ χηλῷ·
στῆ δὲ πάροιθ' ἐλθὼν κλισίης, ἔτι δ' ἤθελε θυμῷ   255
εἰσιδέειν Τρώων καὶ Ἀχαιῶν φύλοπιν αἰνήν.

Accorde-lui la victoire, ô maître souverain de la foudre; raffermis
son courage, afin qu'Hector apprenne si Patrocle sait combattre seul
ou si ses mains redoutables ne s'agitent avec fureur que lorsque je
l'accompagne au milieu des combats. Lorsqu'il aura repoussé loin
des vaisseaux la guerre et les clameurs, puisse-t-il alors revenir sain
et sauf auprès des navires avec toutes mes armes et ses valeureux
compagnons! »

    Telle fut sa prière; le prudent Jupiter l'entendit. Le père des dieux
lui accorde une chose et lui refuse l'autre : il accorde à Patrocle de
repousser les ennemis loin des navires, mais il lui refuse de sortir
sain et sauf de la mêlée. Achille, après avoir fait ses libations et
adressé ses vœux au souverain Jupiter, rentre et dépose la coupe
dans le coffre; puis il retourne à l'entrée de sa tente; car il veut dans
son cœur contempler le combat sanglant des Troyens et des Grecs.

Πρόες ἅμα τῷ	Envoie en-même-temps à lui
κῦδος,	la gloire,
Ζεῦ εὐρύοπα·	Jupiter retentissant-au-loin;
θάρσυνον δὲ ἦτόρ οἱ	et affermis le cœur à lui
ἐνὶ φρεσὶν,	dans *ses* esprits,
ὄφρα Ἕκτωρ καὶ εἴσεται	afin que Hector aussi sache
ἤ ῥα ἡμέτερος θεράπων	si notre serviteur
ἐπίστηται πολεμίζειν καὶ οἶος,	sait combattre même seul,
ἤ χεῖρες ἄαπτοί οἱ	ou *si* les mains terribles à lui
μαίνονται τότε,	sont-furieuses alors *seulement*,
ὁππότε ἐγώ πέρ κεν ἴω	lorsque moi je vais *avec lui*
μετὰ μῶλον Ἄρηος.	vers le travail de Mars.
Αὐτὰρ ἐπεί κε δίηται	Puis lorsqu'il aura repoussé
ἀπὸ ναῦφι	loin des vaisseaux
μάχην ἐνοπήν τε,	le combat et les cris,
μοι ἴκοιτο ἔπειτα ἀσκηθὴς	qu'il me revienne ensuite intact
ἐπὶ νῆας θοὰς,	vers les vaisseaux rapides,
ξύν τε πᾶσι τεύχεσι	et avec toutes *mes* armes
καὶ ἑτάροισιν	et *avec ses* compagnons
ἀγχεμάχοις. »	qui-combattent-de près. »
Ἔφατο ὣς εὐχόμενος·	Il dit ainsi priant;
Ζεὺς δὲ μητίετα ἔκλυε τοῦ·	et Jupiter prudent entendit lui;
πατὴρ δὲ μέν	et le père *des dieux* à la vérité
ἔδωκε τῷ ἕτερον,	accorda à lui une chose,
ἀνένευσε δὲ ἕτερον·	mais il refusa l'autre;
δῶκέν οἱ μὲν	il accorda à lui à la vérité
ἀπώσασθαι νηῶν	de repousser-loin-des vaisseaux
πόλεμόν τε μάχην τε,	et la guerre et le combat,
ἀνένευσε δὲ ἀπονέεσθαι	mais il *lui* refusa de revenir
σόον ἐκ μάχης.	sain-et-sauf du combat.
Ἤτοι ὁ μὲν	Certes celui-ci (Achille)
σπείσας τε	et ayant fait-des-libations
καὶ εὐξάμενος Διῒ πατρὶ,	et ayant prié Jupiter père,
εἰσῆλθεν ἂψ κλισίην,	entra de nouveau dans la tente,
ἀπέθηκε δὲ δέπας ἐνὶ γηλῷ·	et déposa la coupe dans le coffre;
ἐλθὼν δὲ	et étant sorti
στῆ πάροιθε κλισίης,	il se tint devant la tente,
ἤθελε δὲ ἔτι θυμῷ	et il voulait encore dans *son* cœur
εἰσιδέειν φύλοπιν αἰνὴν	voir la mélée terrible
Τρώων καὶ Ἀχαιῶν.	des Troyens et des Achéens.

Οἱ δ' ἅμα Πατρόκλῳ μεγαλήτορι θωρηχθέντες
ἔστιχον, ὄφρ' ἐν Τρωσὶ μέγα φρονέοντες ὄρουσαν.
Αὐτίκα δὲ σφήκεσσιν ἐοικότες ἐξεχέοντο
εἰνοδίοις, οὓς παῖδες ἐριδμαίνωσιν ἔθοντες,   260
αἰεὶ κερτομέοντες, ὁδῷ ἔπι οἰκί' ἔχοντας,
νηπίαχοι· ξυνὸν δὲ κακὸν πολέεσσι τιθεῖσι·
τοὺς δ' εἴπερ παρά τίς τε κιὼν ἄνθρωπος ὁδίτης
κινήσῃ ἀέκων, οἱ δ' ἄλκιμον ἦτορ ἔχοντες
πρόσσω πᾶς πέτεται, καὶ ἀμύνει οἷσι τέκεσσι·   265
τῶν τότε Μυρμιδόνες κραδίην καὶ θυμὸν ἔχοντες,
ἐκ νηῶν ἐχέοντο· βοὴ δ' ἄσβεστος ὀρώρει.
Πάτροκλος δ' ἑτάροισιν ἐκέκλετο, μακρὸν ἀΰσας·

« Μυρμιδόνες, ἕταροι Πηληϊάδεω Ἀχιλῆος.
ἀνέρες ἔστε, φίλοι, μνήσασθε δὲ θούριδος ἀλκῆς,   270
ὡς ἂν Πηλείδην τιμήσομεν, ὃς μέγ' ἄριστος
Ἀργείων παρὰ νηυσὶ, καὶ ἀγχέμαχοι θεράποντες·

Les Achéens couverts de leurs armes marchent en ordre sur les pas
du magnanime Patrocle jusqu'au moment où, pleins d'orgueil et de
fierté, ils se précipitent sur les Troyens. Aussitôt ils se répandent,
semblables à des guêpes qui habitent sur les bords d'un chemin, et
que tourmentent et agacent sans cesse des enfants insensés ; impru-
dents qui préparent un malheur commun : car si quelque voyageur
en passant les trouble par mégarde, aussitôt, animées d'une vail-
lante ardeur, elles volent en foule pour défendre leurs essaims : tels
alors les Myrmidons, pleins de cœur et de courage, se précipitent
hors des navires ; et partout s'élèvent d'immenses clameurs. Patrocle,
d'une voix formidable, exhorte ses guerriers :

« Myrmidons, compagnons d'Achille fils de Pélée, soyez hommes
de cœur, et n'oubliez point votre impétueuse valeur. Honorons le fils
de Pélée, le plus brave des Argiens réunis auprès des navires, nous

Οἱ δὲ θωρηχθέντες	Or ceux-ci s'étant armés
ἔστιχον	marchaient-en-rang
ἅμα Πατρόκλῳ μεγαλήτορι,	avec Patrocle magnanime,
ὄφρα φρονέοντες μέγα	jusqu'à ce que pensant grandement
ἔθουσαν ἐν Τρωσίν.	ils se furent élancés sur les Troyens.
Αὐτίκα δὲ ἐξεχέοντο	Et aussitôt ils se répandaient
ἐοικότες σφήκεσσιν	ressemblant à des guêpes
εἰνοδίοις,	qui-habitent-sur-les-chemins,
οὓς ἔχοντας οἰκία	lesquelles ayant *leurs* demeures
ἐπὶ ὁδῷ	sur la route
παῖδες ἐριδμαίνωσιν	des enfants irritent
ἔθοντες,	ayant-l'habitude *de le faire*,
κερτομέοντες αἰεὶ,	*les* agaçant toujours,
νηπίαχοι·	imprudents;
τιθεῖσι δὲ κακὸν ξυνὸν	car ils causent un mal commun
πολέεσσιν·	à beaucoup;
εἴπερ δέ τέ τις ἄνθρωπος ὁδίτης	or si quelque homme voyageur
παρακιὼν	ayant passé-près
κινήσῃ τοὺς ἀέκων,	aura remué elles sans-le-vouloir,
οἱ δὲ ἔχοντες ἦτορ ἄλκιμον	celles-ci ayant un cœur courageux
πᾶς πέτεται πρόσσω,	chacune vole en avant,
καὶ ἀμύνει οἷσι τέκεσσι·	et défend ses petits :
τότε Μυρμιδόνες ἔχοντες	alors les Myrmidons ayant
κραδίην καὶ θυμὸν τῶν	le cœur et le courage de celles-ci
ἐχέοντο ἐκ νηῶν·	se répandaient des vaisseaux;
βοὴ δὲ ἄσβεστος	et un cri inextinguible
ὀρώρει.	s'était élevé.
Πάτροκλος δὲ	Or Patrocle
ἐκέκλετο ἑτάροισιν,	exhortait *ses* compagnons,
αὔσας μακρόν·	ayant crié haut :
« Μυρμιδόνες, ἕταροι	« Myrmidons, compagnons
Ἀχιλῆος Πηληϊάδεω,	d'Achille fils-de-Pélée, [vous
ἔστε ἀνέρες, φίλοι, μνήσασθε δὲ	soyez hommes, amis, et souvenez-
ἀλκῆς θούριδος,	de *votre* valeur impétueuse,
ὡς ἂν τιμήσομεν	afin que nous honorions
Πηλείδην, ὃς μέγα	le fils-de-Pélée, qui *est* grandement
ἄριστος Ἀργείων	le plus brave des Argiens
παρὰ νηυσὶ,	auprès des vaisseaux,
καὶ θεράποντες	*nous* aussi *ses* serviteurs
ἀγχέμαχοι·	qui-combattons-de-près ;

γνῷ δὲ καὶ Ἀτρείδης εὐρυκρείων Ἀγαμέμνων
ἦν ἄτην, ὅτ' ἄριστον Ἀχαιῶν οὐδὲν ἔτισεν. »

Ὣς εἰπών, ὤτρυνε μένος καὶ θυμὸν ἑκάστου.   275
Ἐν δ' ἔπεσον Τρώεσσιν ἀολλέες· ἀμφὶ δὲ νῆες
σμερδαλέον κονάβησαν, αὖσάντων ὑπ' Ἀχαιῶν.

Τρῶες δ' ὡς εἴδοντο Μενοιτίου ἄλκιμον υἱὸν,
αὐτὸν, καὶ θεράποντα, σὺν ἔντεσι μαρμαίροντας,
πᾶσιν ὀρίνθη θυμός, ἐκίνηθεν δὲ φάλαγγες,   280
ἐλπόμενοι¹ παρὰ ναῦφι ποδώκεα Πηλείωνα
μηνιθμὸν μὲν ἀποῤῥῖψαι, φιλότητα δ' ἑλέσθαι·
πάπτηνεν² δὲ ἕκαστος ὅπη φύγοι αἰπὺν ὄλεθρον.

Πάτροκλος δὲ πρῶτος ἀκόντισε δουρὶ φαεινῷ
ἀντικρὺ κατὰ μέσσον, ὅθι πλεῖστοι κλονέοντο,   285
νηῒ πάρα πρύμνῃ μεγαθύμου Πρωτεσιλάου,
καὶ βάλε Πυραίχμην, ὃς Παίονας ἱπποκορυστὰς
ἤγαγεν ἐξ Ἀμυδῶνος, ἀπ' Ἀξιοῦ εὐρυρέοντος·
τὸν βάλε δεξιὸν ὦμον· ὁ δ' ὕπτιος ἐν κονίῃσι

qui sommes ses valeureux compagnons. Qu'il comprenne sa faute, le
fils d'Atrée, le puissant Agamemnon, qui a méconnu le plus belliqueux des Achéens ! »

Ces paroles enflamment les cœurs et raniment le courage des Grecs.
Les rangs serrés, ils se précipitent sur les Troyens, et de toutes
parts les vaisseaux répètent avec un bruit formidable les clameurs des
Grecs.

Dès que les Troyens aperçoivent le fils de Ménétius et son compagnon couverts d'armes étincelantes, ils se sentent tous vivement émus
jusqu'au fond de l'âme; leurs phalanges s'ébranlent; ils pensent que
le fils de Pélée aux pieds rapides a déposé sa colère, et qu'il s'est ré-
concilié avec les Grecs. Tous les Troyens alors cherchent du regard
comment ils pourront se soustraire à la ruine épouvantable qui les
menace.

Patrocle le premier lance son brillant javelot au milieu de la mêlée
où s'agitent les plus épaisses phalanges, à la poupe du navire du magnanime Protésilas; il atteint Pyrechme, qui amena d'Amydon, des
bords de l'Axius au large courant, les Péoniens, illustres cavaliers;
il le frappe à l'épaule droite; le guerrier tombe dans la poussière en

Ἀγαμέμνων δὲ καὶ Ἀτρείδης	et *que* Agamemnon aussi fils-d'Atrée
εὐρυκρείων	qui-domine-au-loin
γνῷ ἣν ἄτην,	connaisse sa faute,
ὅτι ἔτισεν οὐδὲν	parce qu'il n'a honoré en rien
ἄριστον Ἀχαιῶν. »	le plus brave des Achéens. »
Εἰπὼν ὥς, ὤτρυνε	Ayant dit ainsi, il excita
μένος καὶ θυμὸν ἑκάστου.	la force et le courage de chacun.
Ἐνέπεσον δὲ ἀολλέες	Et ils tombèrent serrés
Τρώεσσι·	sur les Troyens;
νῆες δὲ κονάβησαν	et les vaisseaux retentirent
σμερδαλέον ἀμφί,	terriblement tout-autour,
ὑπὸ Ἀχαιῶν ἀϋσάντων.	sous les Achéens ayant crié.
Ὡς δὲ Τρῶες εἴδοντο	Or dès que les Troyens virent
υἱὸν ἄλκιμον Μενοιτίου,	le fils courageux de Ménétius,
αὐτόν. καὶ θεράποντα,	lui-même, et *son* serviteur,
μαρμαίροντας σὺν ἔντεσι.	resplendissant avec *leurs* armes,
θυμὸς ὀρίνθη πᾶσι.	le cœur fut ému à tous,
φάλαγγες δὲ ἐκίνηθεν,	et les phalanges furent ébranlées.
ἐλπόμενοι	espérant
Πηλείωνα ποδώκεα	le fils-de-Pélée rapide-des-pieds
ἀπορρῖψαι μὲν μηνιθμὸν	avoir déposé à la vérité *sa* colère
παρὰ ναῦσιν,	auprès des vaisseaux,
ἑλέσθαι δὲ φιλότητα·	et avoir préféré amitié;
ἕκαστος δὲ πάπτηνεν	et chacun regardait-partout
ὅπη φύγοι	par-où il éviterait
ὄλεθρον αἰπύν.	la perte épouvantable.
Πάτροκλος δὲ πρῶτος	Et Patrocle le premier
ἀκόντισε δουρὶ φαεινῷ	jeta *sa* lance brillante
ἀντικρὺ κατὰ μέσσον,	en face au milieu,
ὅθι πλεῖστοι	là-où les plus nombreux
κλονέοντο,	étaient troublés (en désordre),
παρὰ πρύμνῃ νηΐ	à la-poupe du vaisseau
Πρωτεσιλάου μεγαθύμου,	de Protésilas magnanime,
καὶ βάλε Πυραίχμην,	et il frappa Pyrechme,
ὃς ἤγαγεν ἐξ Ἀμυδῶνος,	qui amena d'Amydon, [rant,
ἀπὸ Ἀξιοῦ εὐρυρέοντος,	d'auprès de l'Axius au-large-cou-
Παίονας ἱπποκορυστάς·	les Péoniens cavaliers;
βάλε τὸν ὦμον δεξιόν·	il frappa lui *à* l'épaule droite;
ὁ δὲ κάππεσεν ὕπτιος	et celui-ci tomba à-la-renverse
ἐν κονίῃσιν	dans la poussière

κάππεσεν οἰμώξας. Ἕταροι δέ μιν ἀμφεφόβηθεν   290

Παίονες· ἐν γὰρ Πάτροκλος φόβον ἧκεν ἅπασιν,

ἡγεμόνα κτείνας, ὃς ἀριστεύεσκε μάχεσθαι.

Ἐκ νηῶν δ’ ἔλασεν, κατὰ δ’ ἔσβεσεν αἰθόμενον πῦρ.

Ἡμιδαὴς δ’ ἄρα νηῦς λίπετ’ αὐτόθι· τοὶ δ’ ἐφόβηθεν

Τρῶες θεσπεσίῳ ὁμάδῳ· Δαναοὶ δ’ ἐπέχυντο   295

νῆας ἀνὰ γλαφυράς· ὅμαδος δ’ ἀλίαστος ἐτύχθη.

Ὡς δ’ ὅτ’ ἀφ’ ὑψηλῆς κορυφῆς ὄρεος μεγάλοιο

κινήσῃ πυκινὴν νεφέλην στεροπηγερέτα Ζεὺς,

ἔκ τ’ ἔφανεν πᾶσαι σκοπιαὶ καὶ πρώονες ἄκροι,

καὶ νάπαι, οὐρανόθεν δ’ ἄρ’ ὑπερράγη ἄσπετος αἰθήρ   300

ὣς Δαναοὶ, νηῶν μὲν ἀπωσάμενοι δήϊον πῦρ,

τυτθὸν ἀνέπνευσαν· πολέμου δ’ οὐ γίγνετ’ ἐρωή.

Οὐ γάρ πώ τι Τρῶες Ἀρηϊφίλων ὑπ’ Ἀχαιῶν

προτροπάδην φοβέοντο μελαινάων ἀπὸ νηῶν,

ἀλλ’ ἔτ’ ἄρ’ ἀνθίσταντο, νεῶν δ’ ὑπόεικον ἀνάγκῃ.   305

gémissant. Les Péoniens ses compagnons s'enfuient épouvantés; car Patrocle les a tous effrayés en immolant leur chef le plus intrépide dans les combats. Il les repousse loin des navires, puis il éteint les flammes dévorantes. Le vaisseau reste à demi consumé; les Troyens saisis d'effroi prennent la fuite au milieu d'un affreux désordre; les Grecs se répandent au milieu des creux navires, et de toutes parts s'élève un effroyable tumulte. Lorsque Jupiter, le dieu de la foudre, dissipe le nuage épais qui obscurcit le sommet d'une haute montagne, soudain apparaissent les collines, les cimes élevées et les vallons, et du haut des cieux l'éther immense s'est entr'ouvert : ainsi les Grecs, après avoir repoussé loin de la flotte les feux ennemis, peuvent reprendre haleine pendant quelques instants. Cependant le combat ne cesse point; car les Troyens ne s'éloignent pas des noirs vaisseaux, poursuivis par les belliqueux Achéens; mais ils résistent encore, et n'abandonnent la flotte que par nécessité.

οἰμώξας.	ayant gémi.
Παίονες δὲ ἕταροι	Et les Péoniens *ses* compagnons
ἀμφεφόβηθέν μιν·	furent effrayés-à-cause-de lui ;
Πάτροκλος γὰρ	car Patrocle
ἐνῆκε φόβον ἅπασι,	inspira la crainte à tous,
κτείνας ἡγεμόνα,	ayant tué le chef,
ὃς ἀριστεύεσκε μάχεσθαι.	qui excellait à combattre.
Ἔλασε δὲ ἐκ νηῶν,	Et il *les* repoussa des vaisseaux,
κατέσβεσε δὲ πῦρ αἰθόμενον.	et éteignit le feu enflammé.
Νηῦς δὲ ἄρα λίπετο αὐτόθι	Or donc le vaisseau resta là
ἡμιδαής·	à-demi-consumé ;
τοὶ δὲ Τρῶες ἐφόβηθεν	mais les Troyens fuirent-effrayés
ὁμάδῳ θεσπεσίῳ·	avec un tumulte immense ;
Δαναοὶ δὲ ἐπέχυντο	et les Grecs se répandirent
ἀνὰ νῆας γλαφυράς·	à travers les vaisseaux creux ;
ὅμαδος δὲ ἀλίαστος ἐτύχθη.	et un tumulte inévitable fut fait.
Ὡς δὲ ὅτε	Or comme lorsque
Ζεὺς στεροπηγερέτα	Jupiter qui-lance-la-foudre
κινήσῃ νεφέλην πυκινὴν	met-en-mouvement un nuage épais
ἀπὸ κορυφῆς ὑψηλῆς	du sommet élevé
ὄρεος μεγάλοιο,	d'une montagne grande,
ἐξέφανεν	*alors* ont apparu
πᾶσαί τε σκοπιαὶ	et toutes les éminences
καὶ πρώονες ἄκροι, καὶ νάπαι,	et les cimes élevées, et les vallées
αἰθὴρ δὲ ἄρα ἄσπετος	et donc l'éther immense
ὑπερράγη	s'est déchiré (entr'ouvert)
οὐρανόθεν·	du-haut-du-ciel :
ὣς Δαναοὶ ἀνέπνευσαν τυτθόν,	ainsi les Grecs respirèrent un peu,
ἀπωσάμενοι μὲν νηῶν	ayant écarté des vaisseaux
πῦρ δήϊον·	le feu ennemi ;
οὐ δὲ γίγνετο	et il n'y avait point
ἐρωὴ πολέμου.	cessation de combat.
Τρῶες γὰρ	Car les Troyens
οὔπω τι φοβέοντο	n'étaient nullement mis-en-fuite
προτροπάδην	en-tournant-le-dos
ἀπὸ νηῶν μελαινάων	loin des vaisseaux noirs
ὑπὸ Ἀχαιῶν Ἀρηϊφίλων,	par les Achéens chers-à-Mars,
ἀλλὰ ἄρα ἀνθίσταντο ἔτι,	mais ils résistaient encore,
ὑπόεικον δὲ νεῶν	et se retiraient des vaisseaux
ἀνάγκῃ.	par nécessité.

Ἔνθα δ' ἀνὴρ ἕλεν ἄνδρα, κεδασθείσης ὑσμίνης,
ἡγεμόνων. Πρῶτος δὲ Μενοιτίου ἄλκιμος υἱὸς
αὐτίκ' ἄρα στρεφθέντος Ἀρηϊλύχου βάλε μηρὸν
ἔγχεϊ ὀξυόεντι, διαπρὸ δὲ χαλκὸν ἔλασσε·
ῥῆξεν δ' ὀστέον ἔγχος· ὁ δὲ πρηνὴς ἐπὶ γαίῃ   310
κάππεσ'. Ἀτὰρ Μενέλαος Ἀρήϊος οὖτα Θόαντα
στέρνον γυμνωθέντα παρ' ἀσπίδα · λῦσε δὲ γυῖα.
Φυλείδης δ' Ἄμφιχλον ἐφορμηθέντα δοκεύσας,
ἔφθη ὀρεξάμενος πρυμνὸν σκέλος, ἔνθα πάχιστος
μυῶν ἀνθρώπου πέλεται· περὶ δ' ἔγχεος αἰχμῇ   315
νεῦρα διεσχίσθη· τὸν δὲ σκότος ὄσσε κάλυψε.
Νεστορίδαι δ', ὁ μὲν οὖτασ' Ἀτύμνιον ὀξέϊ δουρὶ,
Ἀντίλοχος, λαπάρης δὲ διήλασε χάλκεον ἔγχος·
ἤριπε δὲ προπάροιθε· Μάρις δ' αὐτοσχεδὰ δουρὶ
Ἀντιλόχῳ ἐπόρουσε, κασιγνήτοιο χολωθεὶς,   320
στὰς πρόσθεν νέκυος· τοῦ δ' ἀντίθεος Θρασυμήδης

Alors, au milieu de cette déroute, chaque chef immole un guerrier. Le valeureux fils de Ménétius le premier frappe de sa lance aiguë la cuisse d'Aréilyce qui fuyait; l'airain s'enfonce et brise l'os: le
héros tombe le front dans la poussière. Le belliqueux Ménélas blesse
Thoas dont le bouclier laissait la poitrine à découvert, et lui arrache
la vie. Le fils de Phylée aperçoit Amphiclus qui s'élance, il prévient
son attaque, et le frappe à l'extrémité de la jambe, à l'endroit où le
mollet de l'homme est très-épais; la pointe de la lance déchire les
nerfs, et les ténèbres obscurcissent les yeux du guerrier. Antiloque,
fils de Nestor, blesse Atymnius de sa lance à la pointe acérée; l'airain
traverse les flancs du héros qui tombe à ses pieds. Maris, irrité de la
mort de son frère, se précipite sur Antiloque avec sa lance et se tient

Ἔνθα δὲ	Et alors
ἀνὴρ ἡγεμόνων	un homme d'entre les chefs
ἕλεν ἄνδρα,	tua un homme,
ὑσμίνης κεδασθείσης.	la bataille ayant été dispersée.
Υἱὸς δὲ ἄλκιμος Μενοιτίου	Or le fils courageux de Ménétius
βάλε πρῶτος αὐτίκα ἄρα	frappa le premier aussitôt donc
ἐγχεῖ ὀξυόεντι	avec *sa* lance aiguë
μηρὸν Ἀρηιλύκου στρεφθέντος,	la cuisse d'Aréilyce s'étant tourné,
ἔλασσε δὲ χαλκὸν	et il enfonça l'airain
διαπρό·	de-part-en-part;
ἔγχος δὲ ῥῆξεν ὀστέον·	et la lance brisa l'os;
ὁ δὲ κάππεσε πρηνὴς	et celui-ci tomba en-avant
ἐπὶ γαίῃ.	sur la terre.
Ἀτὰρ Μενέλαος Ἀρήιος	Et Ménélas martial
οὖτα Θόαντα,	blessa Thoas,
γυμνωθέντα στέρνον	ayant été mis-à-nu *à* la poitrine
παρὰ ἀσπίδα·	auprès du bouclier;
λῦσε δὲ γυῖα.	et il *lui* délia les membres.
Φυλείδης δὲ δοκεύσας	Et le fils-de-Phylée ayant épié
Ἄμφικλον ἐφορμηθέντα,	Amphiclus s'étant élancé,
ἔφθη ὀρεξάμενος·	*le* devança ayant atteint
σκέλος πρυμνὸν,	*sa* jambe à-l'extrémité,
ἔνθα μυῶν ἀνθρώπου	là-où le muscle (mollet) de l'homme
πέλεται πάχιστος·	est très-épais;
νεῦρα δὲ διεσχίσθη περὶ	et *ses* nerfs furent déchirés autour
αἰχμῇ ἔγχεος·	par la pointe de la lance;
σκότος δὲ κάλυψε τὸν	et l'obscurité couvrit lui
ὄσσε.	*quant* aux yeux.
Νεστορίδαι δὲ,	Et les fils-de-Nestor,
ὁ μὲν, Ἀντίλοχος,	l'un, Antiloque,
οὔτασεν Ἀτύμνιον δουρὶ ὀξεῖ,	blessa Atymnius de *sa* lance aiguë,
διήλασε δὲ λαπάρης·	et il enfonça-à-travers *ses* flancs
ἔγχος χάλκεον·	la lance d'-airain;
ἤριπε δὲ προπάροιθε·	or *Atymnius* tomba devant *lui*;
Μάρις δὲ,	mais Maris,
χολωθεὶς κασιγνήτοιο,	ayant été irrité *à cause de son* frère,
ἐπόρουσεν Ἀντιλόχῳ	s'élança-sur Antiloque
αὐτοσχεδὰ δουρὶ,	de près avec *sa* lance,
στὰς πρόσθεν νέκυος·	s'étant tenu devant le cadavre;
Θρασυμήδης δὲ ἀντίθεος	et Thrasymède égal-à-un-dieu

ἔφθη ὀρεξάμενος, πρὶν οὐτάσαι, οὐδ' ἀφάμαρτεν,

ὦμον ἄφαρ· πρυμνὸν δὲ βραχίονα δουρὸς ἀκωκὴ

δρύψ' ἀπὸ μυώνων, ἀπὸ δ' ὀστέον ἄχρις ἄραξε·

δούπησεν δὲ πεσὼν, κατὰ δὲ σκότος ὄσσε κάλυψεν.   325

Ὣς τὼ μὲν δοιοῖσι κασιγνήτοισι δαμέντε,

βήτην εἰς Ἔρεβος, Σαρπηδόνος ἐσθλοὶ ἑταῖροι,

υἷες ἀκοντισταὶ Ἀμισωδάρου· ὅς ῥα Χίμαιραν

θρέψεν ἀμαιμακέτην, πολέσιν κακὸν ἀνθρώποισιν.

Αἴας δὲ Κλεόβουλον Ὀϊλιάδης ἐπορούσας   330

ζωὸν ἕλε, βλαφθέντα κατὰ κλόνον· ἀλλά οἱ αὖθι

λῦσε μένος, πλήξας ξίφει αὐχένα κωπήεντι·

πᾶν δ' ὑπεθερμάνθη ξίφος αἵματι· τὸν δὲ κατ' ὄσσε

ἔλλαβε πορφύρεος θάνατος καὶ Μοῖρα κραταιή.

Πηνέλεως δὲ Λύκων τε συνέδραμον· ἔγχεσι μὲν γὰρ   335

ἤμβροτον ἀλλήλων, μέλεον δ' ἠκόντισαν ἄμφω·

τὼ δ' αὖτις ξιφέεσσι συνέδραμον. Ἔνθα Λύκων μὲν

devant le cadavre; mais le divin Thrasymède le devance, et, avant
qu'il ait frappé Antiloque, il l'atteint à l'épaule; la pointe de la lance
déchire les muscles à l'extrémité du bras, et fracasse l'os tout entier;
le héros en tombant fait résonner le sol, et les ténèbres obscurcissent
ses yeux. C'est ainsi que, domptés par deux frères, deux frères
descendent dans l'Érèbe; compagnons intrépides de Sarpédon, habiles à lancer le javelot, ils étaient fils d'Amisodare, qui nourrissait
l'indomptable Chimère, fléau funeste à tant de mortels. Ajax, fils
d'Oïlée, s'élance et prend vivant Cléobule embarrassé dans la foule;
aussitôt il lui ravit le jour, en le frappant au cou de son glaive garni
d'une large poignée; le glaive tout entier est tiède de sang; la
sombre mort et la Parque impitoyable voilent les yeux du guerrier.
Alors Pénélée et Lycon se livrent un mutuel assaut; leurs javelots
s'égarent et volent inutiles; ils fondent de nouveau l'un sur l'autre

ἔφθη ὀρεξάμενος τοῦ,	le devança ayant atteint lui,
πρὶν οὐτάσαι,	avant *lui* avoir blessé *Antiloque*,
οὐδὲ ἀφάμαρτεν,	et il ne manqua pas,
ἄφαρ ὦμον·	immédiatement à l'épaule ;
ἀκωκὴ δὲ δουρὸς	et la pointe de la lance
δρύψεν ἀπὸ μυώνων	arracha des muscles
βραχίονα πρυμνόν,	le bras à-l'extrémité,
ἀπάραξε δὲ ὀστέον ἄχρις·	et brisa l'os entièrement ;
δούπησε δὲ πεσών,	et il retentit étant tombé,
σκότος δὲ κατακάλυψεν	et l'obscurité *le* couvrit
ὄσσε.	*quant* aux yeux.
Ὣς μὲν τὼ,	Ainsi à la vérité les-deux *frères*,
ἑταῖροι ἐσθλοὶ Σαρπηδόνος,	compagnons braves de Sarpédon,
υἷες Ἀμισωδάρου	fils d'Amisodare
ἀκοντισταί,	habiles-à-lancer-le-javelot,
δαμέντε δοιοῖσι κασιγνήτοισι,	ayant été domptés par deux frères,
βήτην εἰς Ἔρεβος·	allèrent dans l'Érèbe ;
ὅς ῥα θρέψε	lequel *Amisodare* certes nourrit
Χίμαιραν ἀμαιμακέτην,	la Chimère indomptable,
κακὸν πολέσιν ἀνθρώποισιν.	fléau pour beaucoup d'hommes.
Αἴας δὲ Ὀϊλιάδης ἐπορούσας	Et Ajax fils-d'Oïlée s'étant élancé
ἕλε ζωὸν Κλεόβουλον,	prit vivant Cléobule,
βλαφθέντα κατὰ κλόνον·	embarrassé dans le tumulte ;
ἀλλ' αὖθι λῦσε μένος οἱ,	mais aussitôt il délia la force à lui,
πλήξας αὐχένα	*lui* ayant frappé le cou
ξίφει κωπήεντι·	avec *son* épée munie-d'une-garde ;
ξίφος δὲ πᾶν	et l'épée tout-entière
ὑπεθερμάνθη αἵματι·	devint-chaude de sang ;
θάνατος δὲ πορφύρεος	et la mort sombre
καὶ Μοῖρα κραταιὴ	et la Destinée violente
κατέλλαβε τὸν ὄσσε.	s'empara de lui *quant* aux yeux.
Πηνέλεως δὲ Λύκων τε	Alors Pénélée et Lycon
συνέδραμον·	coururent-l'un-contre-l'autre ;
ἤμβροτον μὲν γὰρ ἀλλήλων	car ils se manquèrent l'un-l'autre
ἔγχεσιν,	avec *leurs* lances,
ἄμφω δὲ ἠκόντισαν	et tous-deux lancèrent-*leurs*-traits
μέλεον·	inutilement ; |épées
τὼ δὲ αὖτις ξιφέεσσι	et ceux-ci de nouveau avec *leurs*
συνέδραμον.	coururent-l'un-contre-l'autre.
Ἔνθα μὲν Λύκων	Alors à la vérité Lycon

ἱπποκόμου κόρυθος φάλον ἤλασεν· ἀμφὶ δὲ καυλὸν
φάσγανον ἐῤῥαίσθη· ὁ δ' ὑπ' οὔατος αὐχένα θεῖνε
Πηνέλεως, πᾶν δ' εἴσω ἔδυ ξίφος, ἔσχεθε δ' οἷον   340
δέρμα· παρηέρθη δὲ κάρη, ὑπέλυντο δὲ γυῖα.
Μηριόνης δ' Ἀκάμαντα, κιχεὶς ποσὶ καρπαλίμοισι,
νύξ', ἵππων ἐπιβησόμενον, κατὰ δεξιὸν ὦμον·
ἤριπε δ' ἐξ ὀχέων, κατὰ δ' ὀφθαλμῶν κέχυτ' ἀχλύς.
Ἰδομενεὺς δ' Ἐρύμαντα κατὰ στόμα νηλέϊ χαλκῷ   345
νύξε· τὸ δ' ἀντικρὺ δόρυ χάλκεον ἐξεπέρησε
νέρθεν ὑπ' ἐγκεφάλοιο· κέασσε δ' ἄρ' ὀστέα λευκά·
ἐκ δ' ἐτίναχθεν ὀδόντες· ἐνέπλησθεν δέ οἱ ἄμφω
αἵματος ὀφθαλμοί· τὸ δ' ἀνὰ στόμα καὶ κατὰ ῥῖνας
πρῆσε χανών· θανάτου δὲ μέλαν νέφος ἀμφεκάλυψεν.   350
    Οὗτοι ἄρ' ἡγεμόνες Δαναῶν ἕλον ἄνδρα ἕκαστος.
Ὡς δὲ λύκοι ἄρνεσσιν ἐπέχραον ἢ ἐρίφοισι

avec leurs épées. Lycon frappe le cône du casque à l'épaisse crinière ;
mais son épée se brise à la poignée. Pénélée lui perce le cou au-dessous de l'oreille ; le glaive pénètre tout entier dans la blessure ; la
peau seule retient encore la tête suspendue, et la vie abandonne ses
membres. Mérion atteint d'une course rapide Acamas, qu'il frappe à
l'épaule droite, au moment où il va monter sur son char ; le guerrier
tombe, et sur ses yeux s'appesantissent les ténèbres de la mort. Ido-
ménée frappe à la bouche Érymas avec l'airain cruel ; la lance s'enfonce au-dessous de la cervelle, et brise les os d'une blancheur écla-
tante ; les dents d'Érymas sont fracassées, et ses deux yeux se
remplissent d'un sang qui jaillit de sa bouche entr'ouverte et de ses
narines ; et la mort l'environne de ses noires ombres.

Chacun des chefs grecs immole un guerrier. De même que des
loups dévorants se précipitent sur des moutons ou des chevreaux, et

ἤλασε φάλον	frappa le cône
κόρυθος ἱπποκόμου·	du casque à-la-crinière-de-cheval;
φάσγανον δὲ ἐρράίσθη	et l'épée fut brisée
ἀμφὶ καυλόν·	autour du manche;
ὁ δὲ Πηνέλεως θεῖνεν αὐχένα	mais Pénélée *lui* frappa le cou
ὑπὸ οὔατος,	sous l'oreille,
πᾶν δὲ ξίφος ἔδυ εἴσω,	et toute l'épée pénétra en dedans,
δέρμα δὲ οἶον ἔσχεθε·	et la peau seule résista;
κάρη δὲ παρηέρθη,	et *sa* tête fut suspendue,
γυῖα δὲ ὑπέλυντο.	et *ses* membres furent déliés.
Μηριόνης δὲ νύξε	Or Mérion frappa
κατὰ ὦμον δεξιὸν	à l'épaule droite
Ἀκάμαντα,	Acamas,
ἐπιβησόμενον	devant monter-sur
ἵππων,	*ses* chevaux (son char),
κιχείς	*l'ayant* atteint
ποσὶ καρπαλίμοισιν·	de *ses* pieds rapides;
ἤριπε δὲ ἐξ ὀχέων,	et *celui-ci* tomba de *son* char,
ἀχλὺς δὲ κέχυτο	et l'obscurité se répandit
κατὰ ὀφθαλμῶν.	sur *ses* yeux.
Ἰδομενεὺς δὲ νύξεν Ἐρύμαντα	Et Idoménée frappa Érymas
κατὰ στόμα χαλκῷ νηλέϊ·	à la bouche avec l'airain cruel
τὸ δὲ δόρυ χάλκεον	et la lance d'-airain
ἀντικρὺ	*frappant* par-devant
ἐξεπέρησε νέρθεν	traversa en-dessous
ὑπὸ ἐγκεφάλοιο·	sous le cerveau;
κέασσε δὲ ἄρα ὀστέα λευκά·	et donc elle brisa les os blancs;
ὀδόντες δὲ ἐξετίναχθεν·	et les dents furent ébranlées;
ἄμφω δὲ ὀφθαλμοί οἱ	et les deux yeux à lui
ἐνέπλησθεν αἵματος·	furent remplis de sang;
χανὼν δὲ	et ayant-la-bouche-ouverte
πρῆσε τὸ	il souffla (vomit) ce *sang*
ἀνὰ στόμα καὶ κατὰ ῥῖνας·	par la bouche et par les narines;
νέφος δὲ μέλαν θανάτου	et le nuage sombre de la mort
ἀμφεκάλυψεν.	*le* couvrit-tout-autour.
Οὗτοι ἡγεμόνες Δαναῶν ἄρα	Ces chefs des Grecs donc
ἕλον ἕκαστος ἄνδρα.	tuèrent chacun un homme.
Ὡς δὲ λύκοι σίνται	Or comme des loups dévastateurs
ἐπέχραον	se sont précipités
ἄρνεσσιν ἢ ἐρίφοισιν,	sur des moutons ou des chevreaux,

σίνται, ὑπ᾽ ἐκ μήλων αἱρεύμενοι, αἵτ᾽ ἐν ὄρεσσι
ποιμένος ἀφραδίῃσι διέτμαγεν· οἱ δὲ ἰδόντες,
αἶψα διαρπάζουσιν ἀνάλκιδα θυμὸν ἐχούσας·   355
ὣς Δαναοὶ Τρώεσσιν ἐπέχραον· οἱ δὲ φόβοιο
δυσκελάδου μνήσαντο, λάθοντο δέ θούριδος ἀλκῆς.

    Αἴας δ᾽ ὁ μέγας αἰὲν ἐφ᾽ Ἕκτορι χαλκοκορυστῇ
ἵετ᾽ ἀκοντίσσαι· ὁ δὲ, ἰδρείῃ πολέμοιο,
ἀσπίδι ταυρείῃ κεκαλυμμένος εὐρέας ὤμους,   360
σκέπτετ᾽ ὀϊστῶν τε ῥοῖζον καὶ δοῦπον ἀκόντων.
Ἦ μὲν δὴ γίγνωσκε μάχης ἑτεραλκέα νίκην·
ἀλλὰ καὶ ὣς ἀνέμιμνε, σάω δ᾽ ἐρίηρας ἑταίρους.

    Ὡς δ᾽ ὅτ᾽ ἀπ᾽ Οὐλύμπου[1] νέφος ἔρχεται οὐρανὸν εἴσω,
αἰθέρος ἐκ δίης[2], ὅτε τε Ζεὺς λαίλαπα τείνῃ·   365
ὣς τῶν ἐκ νηῶν γένετο ἰαχή τε φόβος τε·
οὐδὲ κατὰ μοῖραν πέραον πάλιν. Ἕκτορα δ᾽ ἵπποι

enlèvent aux troupeaux ceux qu'a laissé égarer l'imprévoyance du
berger; à peine les ont-ils aperçus qu'ils déchirent ces animaux tout
tremblants : de même les Grecs se précipitent sur les Troyens; ceux-
ci ne songent plus qu'à la fuite tumultueuse et oublient leur impétueuse valeur.

Le grand Ajax brûle sans cesse de lancer son javelot contre Hector
aux armes d'airain; mais le héros troyen, habile dans l'art des combats, couvre ses larges épaules d'un bouclier fait avec des peaux de
bœufs, écoute le sifflement des flèches et le bruit des javelots, et
cependant il sait que la victoire penche du côté des Grecs; mais il
reste inébranlable et veille au salut de ses compagnons.

De même que du haut de l'Olympe un nuage monte dans les cieux
après un jour serein, lorsque Jupiter prépare une tempête; de même
les clameurs et le tumulte s'élèvent du sein des vaisseaux; et c'est en
désordre que les Troyens passent de nouveau le fossé. Les rapides

ὑφαιρεύμενοι ἐκ μήλων	enlevant des troupeaux
αἵτε διέτμαγεν	*ceux* qui ont été dispersés
ἐν ὄρεσσιν	sur les montagnes
ἀφραδίῃσι ποιμένος·	par l'imprudence du berger ;
οἱ δὲ ἰδόντες,	or ceux-ci *les* ayant vus,
διαρπάζουσιν αἶψα	arrachent aussitôt *eux*
ἐχούσας θυμὸν ἀνάλκιδα·	ayant un cœur sans-force
ὣς Δαναοὶ	ainsi les Grecs
ἐπέχραον Τρώεσσιν·	se précipitaient-sur les Troyens ;
οἱ δὲ μνήσαντο	et ceux-ci se sont souvenus
φόβοιο δυσκελάδου,	de la fuite au-bruit-terrible,
λάθοντο δὲ ἀλκῆς θούριδος.	et ont oublié *leur* valeur impétueuse.
Αἴας δὲ ὁ μέγας ἵετο αἰὲν	Et Ajax grand désirait toujours
ἀκοντίσσαι	lancer-*son*-javelot
ἐπὶ Ἕκτορι χαλκοκορυστῇ·	contre Hector armé-d'airain ;
ὁ δὲ,	mais celui-ci,
ἰδρείῃ πολέμοιο,	par *son* habileté dans la guerre,
κεκαλυμμένος	ayant été couvert
ὤμους εὐρέας	*quant* à *ses* épaules larges [bœufs,
ἀσπίδι ταυρείῃ,	d'un bouclier fait-de-peaux-de-
σκέπτετο	observait
ῥοῖζόν τε ὀϊστῶν	et le sifflement des flèches
καὶ δοῦπον ἀκόντων.	et le bruit des javelots.
Ἦ μὲν δὴ	Certes à la vérité déjà
γίγνωσκε νίκην μάχης	il connaissait la victoire du combat
ἑτεραλκέα·	penchée-de-l'autre-côté ;
ἀλλὰ καὶ ἀνέμιμνεν ὣς,	mais encore il restait ainsi,
σάω δὲ ἑταίρους ἐρίηρας.	et sauva *ses* compagnons chéris.
Ὡς δὲ ὅτε	Or comme lorsque
ἀπὸ Οὐλύμπου	du-haut-du *mont* Olympe
νέφος ἔρχεται εἴσω οὐρανὸν,	un nuage entre dans le ciel,
ἐξ αἰθέρος δίης,	après un jour serein,
ὅτε τε Ζεὺς	lorsque Jupiter
τείνῃ λαίλαπα·	étend une tempête :
ὣς ἰαχή τε	ainsi et la clameur
φόβος τε τῶν	et la fuite de ceux-ci
γένετο ἐκ νηῶν·	eut-lieu des vaisseaux ;
οὐδὲ πέραον πάλιν	et ils ne traversaient pas de nouveau
κατὰ μοῖραν.	*le fossé* en ordre.
Ἵπποι δὲ ὠκύποδες	Et les chevaux aux-pieds-rapides

ἔκφερον ὠκύποδες σὺν τεύχεσι· λεῖπε δὲ λαὸν
Τρωϊκὸν, οὓς ἀέκοντας ὀρυκτὴ τάφρος ἔρυκε.
Πολλοὶ δ' ἐν τάφρῳ ἐρυσάρματες ὠκέες ἵπποι
ἄξαντ' ἐν πρώτῳ ῥυμῷ λίπον ἅρματ' ἀνάκτων·
Πάτροκλος δ' ἕπετο, σφεδανὸν Δαναοῖσι κελεύων,
Τρωσὶ κακὰ φρονέων· οἱ δὲ ἰαχῇ τε φόβῳ τε
πάσας πλῆσαν ὁδοὺς, ἐπεὶ ἆρ τμάγεν· ὕψι δ' ἄελλα
σκίδναθ' ὑπὸ νεφέων· τανύοντο δὲ μώνυχες ἵπποι   375
ἄψορρον προτὶ ἄστυ, νεῶν ἄπο καὶ κλισιάων.
Πάτροκλος δ', ᾗ πλεῖστον ὀρινόμενον ἴδε λαὸν,
τῇ ῥ' ἔχ' ὁμοκλήσας· ὑπὸ δ' ἄξοσι φῶτες ἔπιπτον
πρηνέες ἐξ ὀχέων, δίφροι δ' ἀνεκυμβαλίαζον·
Ἀντικρὺ δ' ἄρα τάφρον ὑπέρθορον ὠκέες ἵπποι,   380
[ἄμβροτοι, οὓς Πηλῆϊ θεοὶ δόσαν ἀγλαὰ δῶρα.]
πρόσσω ἱέμενο· ἐπὶ δ' Ἕκτορι κέκλετο θυμός·

coursiers entraînent Hector avec ses armes; le héros abandonne les
Troyens, que le large fossé arrête malgré eux. Beaucoup d'agiles
coursiers, en le traversant, ont brisé le timon et abandonné les chars
avec leurs maîtres. Patrocle s'acharne à la poursuite des ennemis,
adressant aux Grecs de vifs encouragements et méditant la ruine des
Troyens. Les vaincus dispersés remplissent tous les chemins de clameurs et d'effroi; un tourbillon de poussière s'élève jusqu'aux nues,
et les chevaux au dur sabot s'éloignent des navires et des tentes pour
retourner vers Ilion. Patrocle, en criant, pousse ses coursiers à l'endroit où il voit s'agiter les plus épaisses phalanges; les guerriers
tombent de leurs siéges sous les roues, et les chars roulent avec fracas. Les agiles coursiers de Patrocle, coursiers immortels que les
dieux donnèrent à Pélée comme un magnifique présent, traversèrent
le fossé d'un rapide élan; Patrocle sent son cœur qui l'excite contre

ἔκφερον Ἕκτορα	emportaient Hector
σὺν τεύχεσι·	avec *ses* armes;
λεῖπε δὲ λαὸν Τρωϊκὸν,	et il abandonnait le peuple Troyen,
οὓς τάφρος ὀρυκτὴ	lesquels *Troyens* le fossé creusé
ἔρυκεν ἀέκοντας.	retenait malgré-eux.
Πολλοὶ δὲ ἵπποι ὠκέες	Et beaucoup de chevaux rapides
ἐρυσάρματες,	qui-tirent-le-char
ἄξαντε ἐν τάφρῳ	ayant brisé sur le fossé
ἅρματα ἀνάκτων	les chars des rois
ἐν ῥυμῷ πρώτῳ,	au timon en-avant,
λίπον·	*les* ont abandonnés;
Πάτροκλος δὲ ἕπετο,	et Patrocle suivait,
κελεύων σφεδανὸν Δαναοῖσι,	exhortant vivement les Grecs,
φρονέων κακὰ Τρωσίν·	méditant des maux pour les Troyens;
οἱ δὲ πλῆσαν	et ceux-ci remplirent
πάσας ὁδοὺς	tous les chemins
ἰαχῇ τε φόβῳ τε,	et de clameur et de crainte,
ἐπεὶ ἂρ τμάγεν·	lorsqu'ils eurent été dispersés;
ἄελλα δὲ	et un tourbillon *de poussière*
σκίδνατο ὕψι ὑπὸ νεφέων·	s'éparpillait en haut sous les nues;
ἵπποι δὲ μώνυχες	et les chevaux solipèdes
τανύοντο ἄψορρον προτὶ ἄστυ,	se dirigeaient en arrière vers la ville,
ἀπὸ νεῶν καὶ κλισιάων.	loin des vaisseaux et des tentes.
Πάτροκλος δὲ ὁμοκλήσας	Or Patrocle ayant crié
ἔχε ῥα τῇ,	dirigeait *ses chevaux* là,
ᾗ ἴδε λαὸν πλεῖστον	où il vit le peuple très-nombreux
ὀρινόμενον·	étant troublé;
φῶτες δὲ ἔπιπτον πρηνέες	et les hommes tombaient en-avant
ἐξ ὀχέων ὑπὸ ἄξοσι,	des chars sous les essieux,
δίφροι δὲ	et les chars
ἀνεκυμβαλίαζον.	étaient culbutés-avec-fracas.
Ἵπποι δὲ ἄρα ὠκέες	Or donc *ses* chevaux rapides
[ἄμβροτοι,	[immortels,
οὓς θεοὶ δόσαν Πηλῆϊ	lesquels les dieux donnèrent à Pélée
δῶρα ἀγλαὰ],	*comme* présents beaux],
ὑπέρθορον τάφρον	sautèrent-par-dessus le fossé
ἀντικρύ,	droit--en-face,
ἱέμενοι πρόσσω·	s'élançant en avant;
θυμὸς δὲ κέκλετο	et *son* cœur *l'*excitait
ἐπὶ Ἕκτορι·	contre Hector;

ἵετο γὰρ βαλέειν· τὸν δ' ἔκφερον ὠκέες ἵπποι.
Ὡς δ' ὑπὸ λαίλαπι πᾶσα κελαινὴ βέβριθε χθὼν
ἤματ' ὀπωρινῷ, ὅτε λαβρότατον χέει ὕδωρ   385
Ζεὺς, ὅτε δή ῥ' ἄνδρεσσι κοτεσσάμενος χαλεπήνῃ,
οἳ βίῃ εἰν ἀγορῇ σκολιὰς κρίνωσι θέμιστας,
ἐκ δὲ δίκην ἐλάσωσι, θεῶν ὄπιν οὐκ ἀλέγοντες·
τῶν δέ τε πάντες μὲν ποταμοὶ πλήθουσι ῥέοντες,
πολλὰς δὲ κλιτῦς τότ' ἀποτμήγουσι χαράδραι,   390
ἐς δ' ἅλα πορφυρέην μεγάλα στενάχουσι ῥέουσαι
ἐξ ὀρέων ἐπὶ κάρ· μινύθει δέ τε ἔργ' ἀνθρώπων·
ὣς ἵπποι Τρωαὶ μεγάλα στενάχοντο θέουσαι.

    Πάτροκλος δ' ἐπεὶ οὖν πρώτας ἐπέκερσε φάλαγγας,
ἂψ ἐπὶ νῆας ἔεργε παλιμπετές, οὐδὲ πόληος   395
εἴα ἱεμένους ἐπιβαινέμεν, ἀλλὰ μεσηγὺ
νηῶν καὶ ποταμοῦ καὶ τείχεος ὑψηλοῖο
κτεῖνε μεταΐσσων, πολέων δ' ἀπετίνυτο ποινήν.
Ἔνθ' ἤτοι Πρόνοον¹ πρῶτον βάλε δουρὶ φαεινῷ,

Hector; car il désire le frapper; et le héros troyen est emporté par
ses agiles chevaux. De même que, dans un jour d'automne, toute la
terre est appesantie sous le poids des tempêtes qui l'obscurcissent,
lorsque Jupiter verse des flots de pluie, indigné et courroucé contre
les hommes qui, dans les assemblées publiques, rendent avec violence des jugements iniques, et bannissent la justice, sans s'inquiéter
de la vengeance des dieux; pour les punir, tous les fleuves débordent;
les torrents alors coupent de nombreuses collines, mugissent avec
fracas en se précipitant du haut des montagnes dans le sombre
Océan, et détruisent les travaux des hommes : de même les cavales
des Troyens, dans leur impétueux élan, poussent des gémissements
prolongés.

    Patrocle, après avoir rompu les premières phalanges, repousse
les Troyens vers les navires, et ne les laisse point selon leurs désirs
retourner vers Ilion; mais dans l'espace que renferment les vaisseaux,
le fleuve et les hautes murailles, il sème le carnage et exerce ses ven-
geances. De sa lance brillante, il frappe d'abord Pronoüs à l'endroit

ἵετο γὰρ βαλέειν·	car il désirait *le* frapper·
ἵπποι δὲ ὠκέες	et *ses* chevaux rapides
ἔκφερον τόν.	emportaient lui.
Ὡς δὲ πᾶσα χθὼν κελαινὴ	Or comme toute la terre noire
βέβριθεν ὑπὸ λαίλαπι	est surchargée par un nuage-orageux
ἤματι ὀπωρινῷ,	dans un jour d'-automne,
ὅτε Ζεὺς χέει	lorsque Jupiter verse
ὕδωρ λαβρότατον,	une eau très-violente,
ὅτε δή ῥα κοτεσσάμενος	lorsque certes s'étant irrité
χαλεπήνῃ ἄνδρεσσιν,	il s'indigne contre les hommes,
οἳ εἰν ἀγορῇ	qui dans l'assemblée-publique
κρίνωσι βίῃ	jugent (rendent) par violence
θέμιστας σκολιάς,	des jugements pervers,
ἐξελάσωσι δὲ δίκην,	et chassent la justice,
οὐκ ἀλέγοντες	ne s'inquiétant pas
ὄπιν θεῶν·	de la vengeance des dieux ;
πάντες δέ τε μὲν ποταμοὶ τῶν	et à la vérité tous les fleuves d'eux
πλήθουσι ῥέοντες,	se remplissent (s'enflent) en coulant,
τότε δὲ χαράδραι	et alors les torrents
ἀποτμήγουσι κλιτῦς πολλάς,	coupent des collines nombreuses,
στενάχουσι δὲ μεγάλα	et mugissent grandement
ῥέουσαι ἐξ ὀρέων ἐπὶ κὰρ	coulant des montagnes sur la tête
ἐς ἅλα πορφυρέην·	dans la mer de-pourpre ;
ἔργα δέ τε ἀνθρώπων μινύθει·	et les travaux des hommes périssent :
ὡς ἵπποι Τρωαὶ	ainsi les cavales Troyennes
στενάχοντο μεγάλα θέουσαι.	gémissaient grandement en courant.
Ἐπεὶ δὲ οὖν Πάτροκλος	Or lorsque donc Patrocle
ἐπέκερσε πρώτας φάλαγγας,	eut rompu les premières phalanges,
ἔεργεν ἂψ παλιμπετὲς	il repoussait de nouveau en arrière
ἐπὶ νῆας,	*les Troyens* vers les vaisseaux,
οὐδὲ εἴα ἱεμένους	et ne permettait pas *eux le* désirant
ἐπιβαινέμεν πόληος,	aller-vers la ville,
ἀλλὰ κτεῖνε μεταΐσσων	mais il tuait s'élançant
μεσσηγὺ νηῶν	au milieu des vaisseaux
καὶ ποταμοῦ καὶ τείχεος ὑψηλοῖο,	et du fleuve et du mur élevé,
ἀπετίνυτο δὲ ποινὴν	et il exigeait une vengeance
πολέων.	pour beaucoup.
Ἔνθα ἤτοι βάλε	Alors certes il frappa
δουρὶ φαεινῷ	de *sa* lance brillante
Προνοον πρῶτον,	Pronoüs le premier,

στέρνον γυμνωθέντα παρ' ἀσπίδα· λῦσε δὲ γυῖα·   100

δούπησεν δὲ πεσών. Ὁ δὲ Θέστορα, Ἤνοπος υἱὸν,

δεύτερον ὁρμηθείς (ὁ μὲν εὐξέστῳ ἐνὶ δίφρῳ

ἧστο ἀλείς¹· ἐκ γὰρ πλήγη φρένας, ἐκ δ' ἄρα χειρῶν

ἡνία ἠΐχθησαν), ὁ δ' ἔγχεϊ νύξε παραστὰς

γναθμὸν δεξιτερὸν, διὰ δ' αὐτοῦ πεῖρεν ὀδόντων·   405

ἕλκε δὲ δουρὸς ἑλὼν ὑπὲρ ἄντυγος, ὡς ὅτε τις φὼς,

πέτρῃ ἔπι προβλῆτι καθήμενος, ἱερὸν ἰχθὺν

ἐκ πόντοιο θύραζε λίνῳ καὶ ἤνοπι χαλκῷ·

ὣς ἕλκ' ἐκ δίφροιο κεχηνότα δουρὶ φαεινῷ,

κὰδ δ' ἄρ' ἐπὶ στόμ' ἔωσε· πεσόντα δέ μιν λίπε θυμός.   410

Αὐτὰρ ἔπειτ' Ἐρύαλον ἐπεσσύμενον βάλε πέτρῳ

μέσσην κὰκ κεφαλήν· ἡ δ' ἄνδιχα πᾶσα κεάσθη

où le bouclier laisse sa poitrine à découvert, et lui ravit le jour ; ce
guerrier fait retentir le sol de sa chute. Patrocle s'élance de nouveau
et atteint Thestor, fils d'Énops ; Thestor se tenait blotti sur son siége
magnifique ; et, dans le trouble de ses esprits, il avait laissé échapper
les rênes de ses mains. Patrocle s'approche, lui enfonce dans la joue
droite une javeline qui traverse sa mâchoire, et en la retirant, il enlève
le guerrier au-dessus de la rampe du char. De même qu'un homme,
assis sur la pointe d'un rocher, retire de la mer un poisson sacré
à l'aide du fil et de l'airain étincelant : de même avec sa lance brillante Patrocle enlève du char Thestor expirant, et le précipite la face
contre terre ; le guerrier tombe et exhale le souffle de la vie. D'une
pierre ensuite il frappe au milieu de la tête Éryale qui s'élance ; le
crâne se fend sous son casque solide ; le héros tombe le front dans la

γυμνωθέντα στέρνον	ayant été mis-à-nu à la poitrine
παρὰ ἀσπίδα·	auprès du bouclier;
λῦσε δὲ γυῖα·	et il *lui* délia les membres;
δούπησε δὲ πεσών.	et *Pronoüs* retentit étant tombé.
Ὁ δὲ ὁρμηθεὶς	Et lui s'étant élancé
δεύτερον	une-seconde-fois
νύξε Θέστορα, υἱὸν Ἤνοπος,	frappa Thestor, fils d'Énops,
(ὁ μὲν	(celui-ci à la vérité
ἧστο ἀλεὶς	était assis tout-ramassé
ἐνὶ δίφρῳ εὐξέστῳ·	sur *son* siége bien-poli;
ἐξεπλήγη γὰρ	car il fut frappé
φρένας,	*quant à ses* esprits,
ἡνία δὲ ἄρα	et les rênes donc
ἠϊχθησαν ἐκ χειρῶν),	s'échappèrent de *ses* mains),
ὁ δὲ	lui donc (Patrocle)
παραστὰς	s'étant tenu-auprès
ἔγχεϊ	*le frappa* de sa lance
γναθμὸν δεξιτερὸν,	à la joue droite,
πεῖρε δὲ	et *la* fit-passer
διὰ ὀδόντων αὐτοῦ	à travers les dents de lui;
ἑλὼν δὲ	et *l'*ayant pris
ἕλκε δουρὸς	il *le* tirait avec *sa* lance
ὑπὲρ ἄντυγος,	au-dessus de la rampe *du char*,
ὡς ὅτε τις φὼς,	comme lorsque un homme,
καθήμενος ἐπὶ πέτρῃ προβλῆτι,	étant assis sur un rocher saillant,
ἐκ πόντοιο θύραζε	*retire* de la mer au dehors
ἰχθὺν ἱερὸν	un poisson sacré
λίνῳ καὶ χαλκῷ ἤνοπι·	avec le fil et l'airain brillant :
ὡς ἕλκεν ἐκ δίφροιο	ainsi il retirait du char
δουρὶ φαεινῷ	avec *sa* lance brillante
κεχηνότα,	*lui* ayant-la-bouche ouverte,
κατέωσε δὲ ἄρα ἐπὶ στόμα·	et il *le* jeta donc sur la figure;
θυμὸς δὲ λίπε	et le souffle-vital quitta
μιν πεσόντα.	lui étant tombé.
Αὐτὰρ ἔπειτα	Et ensuite
βάλε πέτρῳ	il frappa d'une pierre
κὰκ κεφαλὴν μέσσην	à la tête au-milieu
Ἐρύαλον ἐπεσσύμενον·	Éryale s'élançant;
ἡ δὲ πᾶσα	et celle-ci tout-entière
κεάσθη ἄνδιχα	fut fendue en-deux-parties

ἐν κόρυθι βριαρῇ· ὁ δ' ἄρα πρηνὴς ἐπὶ γαίῃ
κάππεσεν· ἀμφὶ δέ μιν θάνατος χύτο θυμοραϊστής.
Αὐτὰρ ἔπειτ' Ἐρύμαντα καὶ Ἀμφοτερὸν καὶ Ἐπάλτην,   415
Τληπόλεμόν τε Δαμαστορίδην, Ἐχίον τε Πύριν τε,
Ἰφέα τ' Εὔιππόν τε καὶ Ἀργεάδην Πολύμηλον,
πάντας ἐπασσυτέρους πέλασε χθονὶ πουλυβοτείρῃ.

   Σαρπηδὼν δ' ὡς οὖν¹ ἴδ' ἀμιτροχίτωνας ἑταίρους
χέρσ' ὑπο Πατρόκλοιο Μενοιτιάδαο δαμέντας,   420
κέκλετ' ἄρ' ἀντιθέοισι καθαπτόμενος Λυκίοισιν·

   « Αἰδὼς, ὦ Λύκιοι! Πόσε φεύγετε; Νῦν θοοὶ ἔστε².
Ἀντήσω γὰρ ἐγὼ τοῦδ' ἀνέρος, ὄφρα δαείω
ὅστις ὅδε κρατέει· καὶ δὴ κακὰ πολλὰ ἔοργε
Τρῶας· ἐπεὶ πολλῶν τε καὶ ἐσθλῶν γούνατ' ἔλυσεν. »   425
   Ἦ ῥα, καὶ ἐξ ὀχέων σὺν τεύχεσιν ἆλτο χαμᾶζε.
Πάτροκλος δ' ἑτέρωθεν, ἐπεὶ ἴδεν, ἔκθορε δίφρου.

poussière, et l'affreuse mort l'environne de ténèbres. Puis sous ses
coups Érymas, Amphotérus, Épalte, Tlépolème fils de Damastor,
Échius et Pyris, Iphée, Évippe et Polymèle fils d'Argéas tombent
amoncelés sur la terre féconde.

Sarpédon, voyant ses compagnons aux tuniques sans ceinture
domptés par le bras de Patrocle fils de Ménétius, adresse ces reproches aux nobles Lyciens :

« Honte, ô Lyciens! Où fuyez-vous? Maintenant montrez votre
courage! Je vais me mesurer avec cet homme, pour savoir quel est
le vainqueur qui a déjà causé des maux sans nombre aux Troyens,
en immolant une foule de héros! »

Il dit et de son char s'élance à terre avec ses armes. Patrocle, à la
vue de Sarpédon, saute de son siége. Semblables à des vautours aux

ἐν κόρυθι βριαρῇ·	dans le casque solide ;
ὁ δὲ ἄρα κάππεσε πρηνὴς	et lui donc tomba en-avant
ἐπὶ γαίῃ·	sur la terre ;
θάνατος δὲ θυμοραϊστὴς	et la mort qui-détruit-la-vie
χύτο ἀμφί μιν.	se répandit autour de lui.
Αὐτὰρ ἔπειτα πέλασε	Et ensuite il approcha
χθονὶ πουλυβοτείρῃ	de la terre féconde
πάντας ἐπασσυτέρους	tous les-uns-sur-les-autres
Ἐρύμαντα καὶ Ἀμφοτερὸν	Érymas et Amphotérus
καὶ Ἐπάλτην,	et Épalte,
Τληπόλεμόν τε Δαμαστορίδην,	et Tlépolème fils-de-Damastor,
Ἐχίον τε Πύριν τε,	et Échius et Pyris,
Ἰφέα τε Εὔιππόν τε	et Iphée et Évippe
καὶ Πολύμηλον Ἀργεάδην.	et Polymèle fils-d'Argéas.
Ὡς δὲ οὖν Σαρπηδὼν	Or dès que donc Sarpédon
ἴδεν ἑταίρους	vit *ses* compagnons
ἀμιτροχίτωνας	cuirassés-sans-ceinture
δαμέντας ὑπὸ χερσὶ	ayant été domptés par les mains
Πατρόκλοιο Μενοιτιάδαο,	de Patrocle fils-de-Ménétius,
κέκλετο ἄρα	il exhorta donc
καθαπτόμενος	en *les* gourmandant
Λυκίοισιν ἀντιθέοισιν·	les Lyciens égaux-aux-dieux :
« Αἰδὼς, ὦ Λύκιοι!	« *C'est* une honte, ô Lyciens !
Πόσε φεύγετε;	Où fuyez-vous ?
Νῦν ἔστε θοοί.	Maintenant soyez agiles-au-combat,
Ἐγὼ γὰρ ἀντήσω	Car moi je rencontrerai
τοῦδε ἀνέρος,	cet homme,
ὄφρα δαείω	afin que je sache
ὅστις ὅδε κρατέει·	qui *étant* celui-ci est-vainqueur ;
καὶ δὴ ἔοργε Τρῶας	et déjà il a fait aux Troyens
κακὰ πολλά·	des maux nombreux ;
ἐπεὶ ἔλυσε γούνατα	puisqu'il a délié les genoux
πολλῶν τε καὶ ἐσθλῶν. »	*d'hommes* et nombreux et braves. »
Ἦ ῥα,	Il dit donc,
καὶ ἆλτο	et il sauta
ἐξ ὀχέων χαμᾶζε	de *son* char à terre
σὺν τεύχεσι.	avec *ses* armes.
Πάτροκλος δὲ ἑτέρωθεν,	Et Patrocle d'un-autre-côté,
ἐπεὶ ἴδεν,	lorsqu'il *le* vit,
ἔκθορε δίφρου.	s'élança du siége.

Οἱ δ' ὥστ' αἰγυπιοὶ γαμψώνυχες, ἀγκυλοχεῖλαι,
πέτρῃ ἐφ' ὑψηλῇ μεγάλα κλάζοντε μάχωνται,
ὣς οἱ κεκλήγοντες ἐπ' ἀλλήλοισιν ὄρουσαν.   430

Τοὺς δὲ ἰδὼν ἐλέησε Κρόνου παῖς ἀγκυλομήτεω,
Ἥρην δὲ προσέειπε κασιγνήτην ἄλοχόν τε·

« Ὤ μοι ἐγὼν, ὅτε μοι Σαρπηδόνα, φίλτατον ἀνδρῶν,
μοῖρ' ὑπὸ Πατρόκλοιο Μενοιτιάδαο δαμῆναι!
Διχθὰ δέ μοι κραδίη μέμονε, φρεσὶν ὁρμαίνοντι,   435
ἤ μιν ζωὸν ἐόντα μάχης ἄπο δακρυοέσσης
θείω ἀναρπάξας Λυκίης ἐν πίονι δήμῳ,
ἢ ἤδη ὑπὸ χερσὶ Μενοιτιάδαο δαμάσσω. »

Τὸν δ' ἠμείβετ' ἔπειτα βοῶπις πότνια Ἥρη·

« Αἰνότατε Κρονίδη, ποῖον τὸν μῦθον ἔειπες;   440
Ἄνδρα θνητὸν ἐόντα, πάλαι πεπρωμένον αἴσῃ,
ἂψ ἐθέλεις θανάτοιο δυσηχέος ἐξαναλῦσαι;
Ἔρδ'· ἀτὰρ οὔ τοι πάντες ἐπαινέομεν θεοὶ ἄλλοι.
Ἄλλο δέ τοι ἐρέω, σὺ δ' ἐνὶ φρεσὶ βάλλεο σῇσιν.

serres crochues et au bec recourbé, qui, sur une roche élevée, combattent en poussant des cris affreux, ces deux héros fondent l'un sur l'autre en jetant de vastes clameurs. A cette vue, le fils de l'artificieux Saturne est ému de pitié et dit à Junon sa sœur et son épouse :

« Hélas! Le destin m'a condamné à voir Sarpédon, le plus cher des hommes, succomber sous les coups de Patrocle fils de Ménétius. Mon esprit agite deux pensées différentes; je me demande si je l'enlèverai vivant de cette lamentable mêlée pour le porter dans l'opulente Lycie, ou si je le laisserai dompter par le bras du fils de Ménétius. »

La vénérable Junon au regard imposant lui répond aussitôt :

« Terrible fils de Saturne, quelle parole as-tu prononcée! Un mortel, voué dès longtemps au trépas, tu veux de nouveau l'arracher à la sombre mort! Accomplis tes desseins; mais les autres dieux n'approuveront point ta conduite. Je vais te dire quelques mots : grave-

Οἱ δὲ ὥστε αἰγυπιοὶ | Or ceux-ci comme des vautours
γαμψώνυχες, | aux-serres-recourbées,
ἀγκυλοχεῖλαι, | au-bec-crochu,
μάχωνται κλάζοντε μεγάλα | combattent criant grandement
ἐπὶ πέτρῃ ὑψηλῇ, | sur un rocher élevé,
ὡς οἱ κεκλήγοντες | ainsi ceux-ci criant
ὄρουσαν ἐπὶ ἀλλήλοισι. | s'élancèrent l'un-sur-l'autre.
Παῖς δὲ Κρόνου ἀγκυλομήτεω | Or le fils de Saturne rusé
ἐλέησε τοὺς ἰδών, | eut pitié d'eux *les* ayant vus,
προσέειπε δὲ Ἥρην | et il dit-à Junon
κασιγνήτην ἄλοχόν τε· | sa sœur et *son* épouse :

« Ὤ μοι ἐγών, | « Hélas à moi,
ὅτε μοῖρά μοι | puisque la destinée *est* à moi
Σαρπηδόνα, φίλτατον ἀνδρῶν, | Sarpédon, le plus cher des hommes,
δαμῆναι ὑπὸ Πατρόκλοιο | être dompté par Patrocle
Μενοιτιάδαο! | fils-de-Ménétius!
Κραδίη δέ μοι, | Or le cœur à moi,
ὁρμαίνοντι φρεσὶ, | agitant dans *mes* esprits,
μέμονε διχθὰ, | désire deux-choses,
ἢ ἀναρπάξας | ou-si ayant enlevé
ἀπὸ μάχης δακρυοέσσης | du combat lamentable
μιν ἐόντα ζωὸν | lui étant vivant
θείω | je *le* placerai
ἐν δήμῳ πίονι Λυκίης, | dans le peuple riche de la Lycie,
ἢ ἤδη δαμάσσω | ou-si déjà je *le* dompterai
ὑπὸ χερσὶ Μενοιτιάδαο. » | sous les mains du fils-de-Ménétius. »
Ἥρη δὲ πότνια | Et Junon vénérable
βοῶπις | aux-yeux-de-génisse
ἠμείβετο τὸν ἔπειτα· | répondit à lui ensuite :

« Κρονίδη αἰνότατε, | « Fils-de-Saturne très-terrible,
ποῖον τὸν μῦθον ἔειπες; | quelle parole as-tu dite?
Ἐθέλεις ἂψ ἐξαναλῦσαι | Veux-tu de nouveau délivrer
θανάτοιο δυσηχέος | de la mort effroyable
ἄνδρα ἐόντα θνητὸν, | un homme étant mortel,
πεπρωμένον αἴσῃ | destiné au sort (au trépas)
πάλαι; | depuis-longtemps?
Ἔρδε· ἀτὰρ πάντες ἄλλοι θεοὶ | Fais; mais tous les autres dieux
οὐκ ἐπαινέομέν τοι. | nous n'approuverons pas toi.
Ἐρέω δέ τοι ἄλλο, | Or je dirai à toi une autre chose,
σὺ δὲ βάλλεο ἐνὶ σῇσι φρεσίν. | et toi place-*la* dans tes esprits.

Αἴ κε ζὼν πέμψῃς Σαρπηδόνα ὅνδε δόμονδε,   445
φράζεο μήτις ἔπειτα θεῶν ἐθέλῃσι καὶ ἄλλος
πέμπειν ὃν φίλον υἱὸν ἀπὸ κρατερῆς ὑσμίνης·
πολλοὶ γὰρ περὶ ἄστυ μέγα Πριάμοιο μάχονται
υἱέες ἀθανάτων, τοῖσιν κότον αἰνὸν ἐνήσεις.
Ἀλλ' εἴ τοι φίλος ἐστὶ, τεὸν δ' ὀλοφύρεται ἦτορ,   450
ἤτοι μέν μιν ἔασον ἐνὶ κρατερῇ ὑσμίνῃ
χέρσ' ὕπο Πατρόκλοιο Μενοιτιάδαο δαμῆναι·
αὐτὰρ ἐπὴν δὴ τόνγε λίπῃ ψυχή τε καὶ αἰών,
πέμπειν μιν Θάνατόν τε φέρειν καὶ νήδυμον Ὕπνον,
εἰσόκε δὴ Λυκίης εὐρείης δῆμον ἵκωνται·   455
ἔνθα ἑ ταρχύσουσι κασίγνητοί τε ἔται τε
τύμβῳ τε στήλῃ τε· τὸ γὰρ γέρας ἐστὶ θανόντων. »
    Ὣς ἔφατ'· οὐδ' ἀπίθησε πατὴρ ἀνδρῶν τε θεῶν τε.
Αἱματοέσσας δὲ ψιάδας κατέχευεν ἔραζε[1],
παῖδα φίλον τιμῶν, τόν οἱ Πάτροκλος ἔμελλε   460
φθίσειν ἐν Τροίῃ ἐριβώλακι, τηλόθι πάτρης.

les dans ton esprit. Si tu ramènes Sarpédon vivant dans sa demeure, prends garde que les autres immortels ne veuillent aussi arracher leurs fils chéris à cette sanglante mêlée. Beaucoup de héros, fils des immortels, combattent autour de la grande ville de Priam, et tu inspireras à leurs pères un fâcheux ressentiment. Malgré ton amour pour Sarpédon, malgré la pitié qui t'émeut, laisse-le dans cette lutte affreuse succomber sous les coups de Patrocle fils de Ménétius; et lorsque l'âme et la vie l'auront abandonné, ordonne à la Mort et au doux Sommeil de le transporter dans la vaste Lycie; là ses frères et les amis lui rendront les honneurs d'un tombeau et d'un cippe : car telle est la récompense due aux morts. »

Elle dit, et le père des dieux et des hommes ne désobéit point. Il verse sur la terre une rosée sanglante pour honorer son fils chéri que Patrocle doit immoler dans les plaines fertiles de Troie, loin de sa patrie.

Αἴ κε πέμψῃς Σαρπηδόνα ζῶν	Si tu envoies Sarpédon vivant
ὅνδε δόμονδε,	dans sa maison,
φράζεο μή	réfléchis de-peur-que
τις ἄλλος θεῶν	quelque autre des dieux
ἐθέλῃσι καὶ πέμπειν	ne veuille aussi envoyer
ὅν υἱὸν φίλον	son fils chéri
ἀπὸ ὑσμίνης κρατερῆς·	loin de la mêlée violente ;
πολλοὶ γὰρ υἱέες ἀθανάτων,	car beaucoup de fils des immortels,
τοῖσιν ἐνήσεις	auxquels tu inspireras
κότον αἰνὸν,	une colère terrible,
μάχονται	combattent
περὶ ἄστυ μέγα Πριάμοιο.	autour de la ville grande de Priam.
Ἀλλὰ εἰ ἔστι φίλος τοι,	Mais si *celui-ci* est cher à toi,
τεὸν δὲ ἦτορ ὀλοφύρεται,	et *si* ton cœur a-pitié-de *lui*,
ἤτοι μὲν ἔασόν μιν	certes à la vérité permets lui
δαμῆναι ὑπὸ χερσὶ	être dompté par les mains
Πατρόκλοιο Μενοιτιάδαο	de Patrocle fils-de-Ménétius
ἐνὶ ὑσμίνῃ κρατερῇ·	dans la mêlée violente ;
αὐτὰρ ἐπὴν δὴ	puis lorsque déjà
ψυχή τε καὶ αἰὼν	et l'âme et la vie
λίπῃ τόνγε,	auront abandonné lui,
πέμπειν Θάνατόν τε	envoie et la Mort
καὶ Ὕπνον νήδυμον	et le Sommeil doux
φέρειν μιν,	*pour* porter lui,
εἰσόκε δὴ ἵκωνται	jusqu'à ce qu'ils soient arrivés
δῆμον Λυκίης εὐρείης·	au peuple de la Lycie vaste ;
ἔνθα κασίγνητοί τε ἔται τε	là et *ses* frères et *ses* amis
ταρχύσουσίν ἑ	enseveliront lui
τύμβῳ τε στήλῃ τε·	avec et un tombeau et un cippe ;
τὸ γὰρ γέρας ἐστὶ	car cette récompense est *celle*
θανόντων. »	de *ceux* étant morts. »
Ἔφατο ὣς·	Elle dit ainsi ;
πατὴρ δὲ ἀνδρῶν τε θεῶν τε	et le père et des hommes et des dieux
οὐκ ἀπίθησε.	ne désobéit pas.
Κατέχευε δὲ ἔραζε	Or il versa à terre
ψιάδας αἱματοέσσας,	des gouttes ensanglantées,
τιμῶν παῖδα φίλον,	honorant *son* fils chéri,
τὸν Πάτροκλος ἔμελλε φθίσειν οἱ	lequel Patrocle devait tuer à lui
ἐν Τροίῃ ἐριβώλακι,	dans Troie fertile,
τηλόθι πάτρης.	loin de *sa* patrie.

Οἱ δ' ὅτε δὴ σχεδὸν ἦσαν ἐπ' ἀλλήλοισιν ἰόντες,
ἔνθ' ἤτοι Πάτροκλος ἀγακλειτὸν Θρασύμηλον,
ὅς ῥ' ἠὺς θεράπων Σαρπηδόνος ἦεν ἄνακτος,
τὸν βάλε νείαιραν κατὰ γαστέρα, λῦσε δὲ γυῖα.   465
Σαρπηδὼν δ' αὐτοῦ μὲν¹ ἀπήμβροτε δουρὶ φαεινῷ,
δεύτερος ὁρμηθείς· ὁ δὲ Πήδασον οὔτασεν ἵππον
ἔγχεϊ δεξιὸν ὦμον· ὁ δ' ἔβραχε θυμὸν ἀΐσθων.
Κὰδ' δ' ἔπεσ' ἐν κονίῃσι μακών, ἀπὸ δ' ἔπτατο θυμός.
Τὼ δὲ διαστήτην· κρίκε δὲ ζυγόν, ἡνία δέ σφι   470
σύγχυτ', ἐπειδὴ κεῖτο παρήορος ἐν κονίῃσι.
Τοῖο μὲν Αὐτομέδων δουρικλυτὸς εὕρετο τέκμωρ·
σπασσάμενος τανύηκες ἄορ παχέος παρὰ μηροῦ,
ἀΐξας ἀπέκοψε παρήορον, οὐδ' ἐμάτησε·
τὼ δ' ἰθυνθήτην, ἐν δὲ ῥυτῆρσι τάνυσθεν.   475
Τὼ δ' αὖτις συνίτην ἔριδος πέρι θυμοβόροιο.

Lorsque les deux guerriers sont près de se rencontrer, Patrocle
atteint au bas-ventre le célèbre Thrasymèle, vaillant écuyer du roi
Sarpédon, et lui ravit le jour; Sarpédon s'élance à son tour et lance
un javelot brillant qui s'égare, et qui va frapper l'épaule droite du
coursier Pédase ; l'animal hennit en expirant ; il tombe dans la poussière, et la vie l'abandonne. Les deux autres coursiers s'écartent ; le
joug craque, les rênes s'embarrassent, car le cheval de volée gît
étendu dans la poussière. Automédon, illustre par les exploits de sa
lance, met fin à ce désordre : il tire la longue épée suspendue le long
de sa robuste cuisse, s'élance et coupe à la hâte le lien de Pédase ;
les chevaux se redressent et s'étendent dans leurs longes. Les deux
guerriers recommencent leur funeste combat.

Ὅτε δὲ οἱ	Or lorsque ceux-ci
ἦσαν δὴ σχεδὸν	étaient déjà près
ἰόντες ἐπὶ ἀλλήλοισιν,	étant allés l'un sur l'autre,
ἔνθα ἤτοι Πάτροκλος	alors certes Patrocle
βάλε κατὰ νείαιραν γαστέρα	frappa au bas ventre
τὸν Θρασύμηλον ἀγακλειτὸν,	Thrasymèle illustre,
ὅς ῥα ἦε θεράπων ἠὺς	lequel était serviteur brave
Σαρπηδόνος ἄνακτος,	de Sarpédon souverain,
λῦσε δὲ γυῖα.	et il *lui* délia les membres.
Σαρπηδὼν δὲ μὲν	Et Sarpédon à la vérité
ἀπήμβροτεν αὐτοῦ	manqua lui
δουρὶ φαεινῷ,	avec *sa* lance brillante,
ὁρμηθεὶς δεύτερος·	s'étant précipité le second;
ὁ δὲ οὔτασεν ἔγχεϊ	mais il blessa avec *sa* lance
ὦμον δεξιὸν	à l'épaule droite
ἵππον Πήδασον·	le cheval Pédase;
ὁ δὲ ἔβραχεν	et celui-ci hennit
ἀΐσθων θυμόν.	exhalant le souffle-vital.
Κατέπεσε δὲ ἐν κονίῃσι	Et il tomba dans la poussière
μακών,	ayant crié,
θυμὸς δὲ ἀπέπτατο.	et le souffle-vital s'envola.
Τὼ δὲ	Et les-deux *autres chevaux*
διαστήτην·	se séparèrent;
ζυγὸν δὲ κρίκεν,	et le joug craqua,
ἡνία δέ σφι σύγχυτο,	et les rênes à eux furent confondues,
ἐπειδὴ παρήορος	parce que *le cheval* de-volée
κεῖτο ἐν κονίῃσιν.	gisait dans la poussière.
Αὐτομέδων δουρικλυτὸς	Automédon illustre-par-la-lance
εὕρετο μὲν τέκμωρ τοῖο·	trouva à la vérité la fin de cela;
σπασσάμενος	ayant tiré
παρὰ μηροῦ παχέος	du-long-de *sa* cuisse épaisse
ἄορ τανύηκες,	*son* glaive à-la-pointe-longue,
ἀΐξας ἀπέκοψε	s'étant élancé il détacha
παρήορον,	*le cheval* de-volée,
οὐδὲ ἐμάτησε·	et il ne fut-*pas*-lent;
τὼ δὲ ἰθυνθήτην,	et ceux-ci s'élancèrent-tout-droit,
τάνυσθεν δὲ ἐν ῥυτῆρσι.	et ils s'étendirent dans *leurs* longes.
Τὼ δὲ	Et les-deux *guerriers*
συνίτην αὖτις	se réunirent de nouveau
περὶ ἔριδος θυμοβόροιο.	pour une querelle funeste.

Ἔνθ' αὖ Σαρπηδὼν μὲν ἀπήμβροτε δουρὶ φαεινῷ·
Πατρόκλου δ' ὑπὲρ ὦμον ἀριστερὸν ἦλυθ' ἀκωκὴ
ἔγχεος, οὐδ' ἔβαλ' αὐτόν· ὁ δ' ὕστερος ὤρνυτο χαλκῷ
Πάτροκλος· τοῦ δ' οὐχ ἅλιον βέλος ἔκφυγε χειρὸς,   480
ἀλλ' ἔβαλ'. ἔνθ' ἄρα τε φρένες ἔρχαται ἀμφ' ἀδινὸν κῆρ.
Ἤριπε δ', ὡς ὅτε τις δρῦς ἤριπεν, ἢ ἀχερωΐς,
ἠὲ πίτυς βλωθρὴ, τήντ' οὔρεσι τέκτονες ἄνδρες
ἐξέταμον πελέκεσσι νεήκεσι, νήϊον εἶναι·
ὡς ὁ πρόσθ' ἵππων καὶ δίφρου κεῖτο τανυσθεὶς,   485
βεβρυχὼς, κόνιος δεδραγμένος αἱματοέσσης.
Ἠΰτε ταῦρον ἔπεφνε λέων, ἀγέληφι μετελθὼν.
αἴθωνα, μεγάθυμον, ἐν εἰλιπόδεσσι βόεσσιν,
ὤλετό τε στενάχων ὑπὸ γαμφηλῇσι λέοντος·
ὡς ὑπὸ Πατρόκλῳ Λυκίων ἀγὸς ἀσπιστάων   490
κτεινόμενος μενέαινε, φίλον δ' ὀνόμηνεν ἑταῖρον·

Sarpédon lance un javelot brillant qui s'égare; le trait à la pointe acérée passe au-dessus de l'épaule gauche de Patrocle, sans l'atteindre; Patrocle à son tour se précipite, une lance à la main; le trait ne vole point inutile; mais il frappe Sarpédon à l'endroit où le diaphragme se concentre autour du cœur. Le guerrier tombe comme un chêne ou un peuplier blanc, ou un pin élevé, que sur les montagnes des ouvriers ont abattu avec leurs haches tranchantes pour en construire des vaisseaux : tel gît, étendu devant ses chevaux et son char, Sarpédon qui, grinçant des dents, mort la poussière ensanglantée. De même qu'un taureau ardent et magnanime, égorgé par un lion qui survient au milieu d'un troupeau de bœufs à la marche pesante, succombe en gémissant sous les dents de cette bête féroce ; de même, sous les coups de Patrocle, le chef des Lyciens aux larges boucliers fait encore en expirant de généreux efforts, et appelle son compagnon chéri :

Ἔνθα Σαρπηδὼν μὲν	Alors Sarpédon à la vérité
ἀπήμβροτεν αὖ	*le* manqua de nouveau
δουρὶ φαεινῷ·	avec *sa* lance brillante ;
ἀκωκὴ δὲ ἔγχεος ἤλυθεν	et la pointe de la lance alla
ὑπὲρ ὦμον ἀριστερὸν	au-dessus de l'épaule gauche
Πατρόκλου,	de Patrocle,
οὐδὲ ἔβαλεν αὐτόν·	et elle ne frappa pas lui ;
ὁ δὲ Πάτροκλος ὕστερος	et Patrocle qui-vint-ensuite
ὥρνυτο χαλκῷ·	se précipita avec l'airain ;
βέλος δὲ οὐκ ἔκφυγεν ἅλιον	et le trait ne s'échappa pas inutile
χειρὸς τοῦ,	de la main de lui,
ἀλλὰ ἔβαλεν,	mais il *le* frappa,
ἔνθα ἄρα τε φρένες ἔρχαται	là-où donc le diaphragme est resser-
ἀμφὶ κῆρ ἀδινόν.	autour du cœur épais.
Ἤριπε δὲ,	Et il tomba,
ὡς ὅτε ἤριπέ τις δρῦς,	comme lorsque tombe un chêne,
ἢ ἀχερωῒς,	ou un peuplier-blanc,
ἠὲ πίτυς βλωθρὴ,	ou un pin élevé,
τήντε οὔρεσιν	lequel sur les montagnes
ἄνδρες τέκτονες ἐξέταμον	des hommes ouvriers ont coupé
πελέκεσσι	avec des haches
νεήκεσιν,	nouvellement-aiguisées,
εἶναι νήϊον·	*pour* être bois-de-navire :
ὣς ὁ κεῖτο τανυσθεὶς	ainsi celui-ci gisait étendu
πρόσθεν ἵππων καὶ δίφρου,	devant *ses* chevaux et *son* char,
βεβρυχὼς,	grinçant-des-dents,
δεδραγμένος κόνιος αἱματοέσσης.	saisissant la poussière ensanglantée.
Ἠΰτε λέων,	Comme un lion,
μετελθὼν ἀγέληφιν,	étant venu-au-milieu d'un troupeau,
ἔπεφνε ταῦρον	a tué un taureau
αἴθωνα, μεγάθυμον,	ardent, magnanime,
ἐν βόεσσιν εἰλιπόδεσσιν,	parmi les bœufs qui-traînent-le-pied,
ὤλετό τε στενάχων	et *celui-ci* a péri en gémissant
ὑπὸ γαμφηλῇσι λέοντος·	sous la mâchoire du lion :
ὣς ἀγὸς Λυκίων	ainsi le chef des Lyciens
ἀσπιστάων	armés-de-boucliers
μενέαινε	s'emportait
κτεινόμενος ὑπὸ Πατρόκλῳ,	étant tué par Patrocle,
ὀνόμηνε δὲ	et nomma (appela)
ἑταῖρον φίλον·	*son* compagnon chéri :

« Γλαῦκε πέπον [1], πολεμιστὰ μετ' ἀνδράσι, νῦν σε μάλα χρὴ
αἰχμητήν τ' ἔμεναι καὶ θαρσαλέον πολεμιστήν·
νῦν τοι ἐελδέσθω πόλεμος κακός, εἰ θοός ἐσσι.
Πρῶτα μὲν ὄτρυνον Λυκίων ἡγήτορας ἄνδρας,   495
πάντῃ ἐποιχόμενος, Σαρπηδόνος ἀμφιμάχεσθαι·
αὐτὰρ ἔπειτα καὶ αὐτὸς ἐμεῦ πέρι μάρναο χαλκῷ.
Σοὶ γὰρ ἐγὼ καὶ ἔπειτα κατηφείη καὶ ὄνειδος
ἔσσομαι ἤματα πάντα διαμπερές, εἴ κέ μ' Ἀχαιοὶ
τεύχεα συλήσωσι, νεῶν ἐν ἀγῶνι πεσόντα.   500
Ἀλλ' ἔχεο κρατερῶς, ὄτρυνε δὲ λαὸν ἄπαντα. »

Ὣς ἄρα μιν εἰπόντα τέλος θανάτοιο κάλυψεν,
ὀφθαλμοὺς ῥῖνάς θ'. Ὁ δὲ λὰξ ἐν στήθεσι βαίνων,
ἐκ χροὸς ἕλκε δόρυ· προτὶ δὲ φρένες αὐτῷ ἕποντο·
τοῖο δ' ἅμα ψυχήν τε καὶ ἔγχεος ἐξέρυσ' αἰχμήν.   505
Μυρμιδόνες δ' αὐτοῦ σχέθον ἵππους φυσιόωντας,
ἱεμένους φοβέεσθαι, ἐπεὶ λίπεν ἅρματ' ἀνάκτων [2].

Γλαύκῳ δ' αἰνὸν ἄχος γένετο, φθογγῆς ἀΐοντι·

« Cher Glaucus, illustre guerrier, c'est maintenant qu'il faut montrer ton audace et ta belliqueuse ardeur. Maintenant, que la guerre funeste soit l'objet de tes désirs, si tu es valeureux. Parcours tous les rangs; excite d'abord les chefs des Lyciens à combattre autour de Sarpédon; ensuite défends-moi avec l'airain. Car je serai pour toi un éternel sujet d'opprobre et de honte, si les Achéens me dépouillent de mes armes, maintenant que je suis tombé dans ce combat près des navires. Mais reste inébranlable, et enflamme tout ton peuple. »

A peine a-t-il fini de prononcer ces mots que les ténèbres de la mort qui l'environnent, l'empêchent de voir et de respirer. Appuyant son pied sur la poitrine de son ennemi, Patrocle en retire son javelot qui entraîne le diaphragme, et il arrache à la fois l'âme de Sarpédon et sa lance d'airain. Les Myrmidons arrêtent les coursiers haletants, qui veulent prendre la fuite, lorsqu'ils voient les chars abandonnés.

Glaucus ressent une vive douleur, en entendant la voix de son com-

« Πέπον Γλαῦκε ,
πολεμιστὰ μετὰ ἀνδρασι,
νύν χρή σε μάλα
ἔμεναί τε αἰχμητὴν
καὶ πολεμιστὴν θαρσαλέον·
νῦν πόλεμος κακὸς
ἐελδέσθω τοι,
εἰ ἐσσι θοός.
Πρῶτα μὲν ὄτρυνον
ἄνδρας ἡγήτορας Λυκίων,
ἐποιχόμενος πάντη,
ἀμφιμάχεσθαι Σαρπηδόνος·
αὐτὰρ ἔπειτα αὐτὸς καὶ
μάρναο περὶ ἐμεῦ χαλκῷ.
Ἐγὼ γὰρ ἔπειτα καὶ ἔσσομαι
διαμπερὲς πάντα ἤματα σοὶ
κατηφείη καὶ ὄνειδος,
εἰ Ἀχαιοὶ
συλήσωσί κε τεύχεά
με πεσόντα
ἐν ἀγῶνι νεῶν.
Ἀλλὰ ἔχεο κρατερῶς,
ὄτρυνε δὲ ἅπαντα λαόν. »

    Τέλος θανάτοιο ἄρα
κάλυψέ μιν εἰπόντα ὣς
ὀφθαλμοὺς ῥῖνάς τε.
Ὁ δὲ βαίνων λὰξ
ἐν στήθεσιν,
ἕλκε δόρυ ἐκ χροός·
φρένες δὲ προσέποντο αὐτῷ·
ἅμα δὲ ἐξέρυσε
ψυχήν τε τοῖο
καὶ αἰχμὴν ἔγχεος.
Μυρμιδόνες δὲ σχέθον αὐτοῦ
ἵππους φυσιόωντας,
ἱεμένους φοβέεσθαι,
ἐπεὶ ἄρματα ἀνάκτων
λίπεν.
    Ἄχος δὲ αἰνὸν γένετο
Γλαύκῳ, ἀΐοντι φθογγῆς·

« Cher Glaucus,
guerrier parmi les hommes,
maintenant il faut toi fortement
et être guerrier
et combattant audacieux ;
maintenant que la guerre funeste
soit-à-soin à toi,
si tu es agile-au-combat.
D'abord à la vérité excite
les hommes chefs des Lyciens,
les parcourant de-tous-côtés,
à combattre-autour de Sarpédon ;
et ensuite *toi*-même aussi
combats pour moi avec l'airain.
Car moi ensuite aussi je serai
sans-cesse tous les jours pour toi
une honte et un opprobre,
si les Achéens
dépouillent de *mes* armes
moi étant tombé
dans le combat des vaisseaux.
Mais tiens fortement (ferme),
et excite tout *ton* peuple. »

    La fin de la mort donc
couvrit lui ayant dit ainsi
quant aux yeux et aux narines.
Celui-ci marchant avec-le-pied
sur *sa* poitrine,
tira *sa* lance de *son* corps ;
et le diaphragme suivait elle ;
et en-même-temps il arracha
et l'âme de lui
et la pointe de *sa* lance.
Et les Myrmidons retinrent là
les chevaux haletants,
désirant fuir,
lorsque les chars des rois
eurent été abandonnés.
    Or une douleur terrible fut
à Glaucus, entendant *sa* voix :

ὠρίνθη δέ οἱ ἦτορ, ὅτ’ οὐ δύνατο προσαμῦναι.
Χειρὶ δ’ ἑλὼν ἐπίεζε βραχίονα · τεῖρε γὰρ αὐτὸν   510
ἕλκος, ὃ δή μιν Τεῦκρος ἐπεσσύμενον βάλεν ἰῷ
τείχεος ὑψηλοῖο, ἀρὴν ἑτάροισιν ἀμύνων.
Εὐχόμενος δ’ ἄρα εἶπεν ἑκηβόλῳ Ἀπόλλωνι ·
« Κλῦθι, ἄναξ, ὅς που Λυκίης ἐν πίονι δήμῳ
εἶς, ἢ ἐνὶ Τροίῃ · δύνασαι δὲ σὺ πάντοσ’ ἀκούειν   515
ἀνέρι κηδομένῳ, ὡς νῦν ἐμὲ κῆδος ἱκάνει.
Ἕλκος μὲν γὰρ ἔχω τόδε καρτερόν · ἀμφὶ δέ μοι χεὶρ
ὀξείης ὀδύνῃσιν ἐλήλαται, οὐδέ μοι αἷμα
τερσῆναι δύναται · βαρύθει δέ μοι ὦμος ὑπ’ αὐτοῦ ·
ἔγχος δ’ οὐ δύναμαι σχεῖν ἔμπεδον, οὐδὲ μάχεσθαι   520
ἐλθὼν δυσμενέεσσιν. Ἀνὴρ δ’ ὤριστος ὄλωλε,
Σαρπηδὼν, Διὸς υἱός · ὁ δ’ οὐδ’ ᾧ παιδὶ ἀμύνει.
Ἀλλὰ σύ πέρ μοι, ἄναξ, τόδε καρτερὸν ἕλκος ἄκεσσαι,

pagnon; son cœur est ému, parce qu’il ne peut lui porter secours.
Glaucus saisit de sa main son bras qu’il serre fortement; car il est
épuisé par la blessure que Teucer, en écartant la mort de ses compagnons, lui fit au moment où il se précipita sur le mur élevé. Puis il
adresse cette prière à Apollon qui lance au loin les traits :

« Écoute, dieu souverain, soit que tu résides dans l’opulente Lycie, soit que tu habites la ville de Troie; car tu peux entendre partout le cri de détresse d’un mortel accablé, comme je le suis maintenant, sous le poids de la souffrance. J’ai reçu une terrible blessure;
ma main est en proie à des douleurs aiguës; mon sang ne peut s’étan-
cher, mon épaule est appesantie; il m’est impossible de tenir ferme
ma lance et de combattre l’ennemi. Le plus brave guerrier vient de
succomber, Sarpédon, fils de Jupiter; et cependant Jupiter n’a point
secouru son fils. Mais toi, dieu souverain, guéris cette large blessure,

ἦτορ δέ οἱ ὠρίνθη,	et le cœur à lui fut ému,
ὅτι οὐ δύνατο	parce qu'il ne pouvait pas
προσαμῦναι.	*le* défendre.
Ἑλὼν δὲ χειρὶ βραχίονα	Or ayant pris de *sa* main *son* **bras**
ἐπίεζεν·	il *le* serrait ;
ἕλκος γὰρ τεῖρεν αὐτὸν,	car une blessure épuisait lui,
ὃ δὴ Τεῦκρος,	*par* laquelle *blessure* Teucer,
ἀμύνων ἀρὴν	écartant le malheur
ἑτάροισι,	de *ses* compagnons,
βάλεν ἰῷ μιν	frappa avec *son* trait lui
ἐπεσσύμενον τείχεος ὑψηλοῖο.	sautant-sur le mur élevé.
Εἶπε δὲ ἄρα	Or il dit donc
εὐχόμενος Ἀπόλλωνι	priant Apollon
ἑκηβόλῳ·	qui-lance-au-loin-les-traits :
« Κλῦθι, ἄναξ,	« Écoute, souverain,
ὃς εἶς που	*toi* qui es quelque-part
ἐν δήμῳ πίονι Λυκίης,	dans le peuple riche de la Lycie,
ἢ ἐνὶ Τροίῃ·	ou dans Troie ;
σὺ δὲ δύνασαι ἀκούειν πάντοσε	or toi tu peux entendre partout
ἀνέρι κηδομένῳ,	un homme étant affligé,
ὡς κῆδος	comme la douleur
ἱκάνει ἐμὲ νῦν.	atteint moi maintenant.
Ἔχω γὰρ μὲν	Car j'ai à la vérité
τόδε ἕλκος καρτερόν·	cette blessure violente ;
χεὶρ δέ μοι ἀμφὶ	et la main à moi tout-autour
ἐλήλαται ὀδύνῃσιν ὀξείης,	est pressée par des douleurs aiguës,
αἷμα δέ μοι	et le sang à moi
οὐ δύναται τερσῆναι·	ne peut pas se sécher ;
ὦμος δέ μοι	et l'épaule à moi
βαρύθει ὑπὸ αὐτοῦ·	est appesantie par elle ;
οὐ δὲ δύναμαι	et je ne puis pas
σχεῖν ἔμπεδον ἔγχος,	tenir ferme *ma* lance,
οὐδὲ ἐλθὼν	ni étant venu
μάχεσθαι δυσμενέεσσιν.	combattre avec les ennemis.
Ἀνὴρ δὲ ὁ ἄριστος,	Or l'homme le meilleur,
Σαρπηδὼν, υἱὸς Διὸς, ὄλωλεν·	Sarpédon, fils de Jupiter, a péri ;
ὁ δὲ οὐδὲ ἀμύνει ᾧ παιδί.	et celui-ci ne secourt pas son fils.
Ἀλλὰ σύ περ, ἄναξ,	Mais toi du moins, souverain,
ἀκεσσαί μοι	guéris à moi
τόδε ἕλκος καρτερὸν,	cette blessure violente,

κοίμησον δ' ὀδύνας, δὸς δὲ κράτος, ὄφρ' ἑτάροισι
κεκλόμενος Λυκίοισιν, ἐποτρύνω πολεμίζειν,   525
αὐτός τ' ἀμφὶ νέκυι κατατεθνηῶτι μάχωμαι. »

   Ὡς ἔφατ' εὐχόμενος· τοῦ δ' ἔκλυε Φοῖβος Ἀπόλλων,
Αὐτίκα παῦσ' ὀδύνας, ἀπὸ δ' ἕλκεος ἀργαλέοιο
αἷμα μέλαν τέρσηνε, μένος δέ οἱ ἔμβαλε θυμῷ.
Γλαῦκος δ' ἔγνω ᾗσιν ἐνὶ φρεσί, γήθησέν τε,   530
ὅττι οἱ ὦκ' ἤκουσε μέγας θεὸς εὐξαμένοιο.
Πρῶτα μὲν ὤτρυνεν Λυκίων ἡγήτορας ἄνδρας,
πάντη ἐποιχόμενος, Σαρπηδόνος ἀμφιμάχεσθαι.
Αὐτὰρ ἔπειτα μετὰ Τρῶας κίε, μακρὰ βιβάνθων,
Πουλυδάμαντ' ἔπι Πανθοίδην καὶ Ἀγήνορα δῖον·   535
βῆ δὲ μετ' Αἰνείαν τε καὶ Ἕκτορα χαλκοκορυστὴν,
ἀγχοῦ δ' ἱστάμενος ἔπεα πτερόεντα προσηύδα·

   « Ἕκτορ, νῦν δὴ πάγχυ λελασμένος εἰς ἐπικούρων,
οἳ σέθεν εἵνεκα τῆλε φίλων καὶ πατρίδος αἴης
θυμὸν ἀποφθινύθουσι· σὺ δ' οὐκ ἐθέλεις ἐπαμύνειν.   540

calme mes douleurs, rends-moi la force, afin que par mes exhorta-
tions j'excite les Lyciens mes compagnons à combattre et que je com-
batte moi-même autour des restes de mon ami. »

   Telle est sa prière ; Apollon exauce ses vœux. Aussitôt il calme les
douleurs de Glaucus, étanche le sang noir qui coule de sa profonde
blessure, et lui donne la force. Glaucus reconnaît dans son esprit
cette puissance secrète, et se réjouit de ce qu'un dieu puissant ait
écouté sa prière aussi vite. Il parcourt tous les rangs et exhorte les
chefs des Lyciens à combattre autour de Sarpédon ; puis il marche à
grands pas vers les Troyens ; il va trouver Polydamas fils de Panthoüs
et le divin Agénor, aborde Énée et Hector à la cuirasse d'airain, et
leur adresse ces paroles qui volent rapides :

   « Hector, tu as donc entièrement oublié les alliés qui, pour ta cause,
perdent la vie loin de leurs amis et de leur patrie ! Et tu ne veux plus
les secourir ! Sarpédon n'est plus, Sarpédon , le chef des Lyciens aux

κοίμησον δὲ ὀδύνας,	et endors *mes* douleurs,
δὸς δὲ κράτος,	et donne-*moi* de la force,
ὄφρα κεκλόμενος	afin que exhortant
Λυκίοισιν ἑτάροισιν,	les Lyciens *mes* compagnons,
ἐποτρύνω πολεμίζειν,	je *les* excite à combattre,
αὐτός τε μάχωμαι	et *que moi*-même je combatte
ἀμφὶ νέκυι κατατεθνηῶτι. »	autour du corps mort. »
Ἔφατο ὣς εὐχόμενος·	Il dit ainsi priant :
Φοῖβος δὲ Ἀπόλλων ἔκλυε τοῦ.	et Phébus Apollon écouta lui.
Αὐτίκα παῦσεν ὀδύνας,	Aussitôt il fit-cesser *ses* douleurs,
τέρσηνε δὲ αἷμα μέλαν	et il sécha le sang noir
ἀπὸ ἕλκεος ἀργαλέοιο,	de *sa* blessure funeste,
ἔμβαλε δὲ μένος	et il inspira de la force
θυμῷ οἱ.	dans le cœur à lui.
Γλαῦκος δὲ ἔγνω	Et Glaucus reconnut *cela*
ἐνὶ ᾗσι φρεσί,	dans *ses* esprits,
γήθησέ τε,	et se réjouit,
ὅττι μέγας θεὸς	parce que le grand dieu
ἤκουσεν ὦκά οἱ	entendit vite pour lui
εὐξαμένοιο.	*lui* ayant prié.
Πρῶτα μὲν ὤτρυνεν,	D'abord à la vérité il excita,
ἐποιχόμενος πάντη,	*les* parcourant de-tous-côtés,
ἄνδρας ἡγήτορας Λυκίων,	les hommes chefs des Lyciens,
ἀμφιμάχεσθαι Σαρπηδόνος.	à combattre-autour de Sarpédon.
Αὐτὰρ ἔπειτα, βιβάσθων μακρά,	Et ensuite, marchant à-grands-pas,
κίε μετὰ Τρῶας,	il alla vers les Troyens,
ἐπὶ Πουλυδάμαντα Πανθοίδην	vers Polydamas fils-de-Panthoüs
καὶ Ἀγήνορα δῖον·	et *vers* Agénor divin ;
βῆ δὲ μετὰ Αἰνείαν τε	et il marcha vers et Énée
καὶ Ἕκτορα χαλκοκορυστήν,	et Hector cuirassé-d'airain,
ἱστάμενος δὲ ἀγχοῦ	et se tenant près
προσηύδα ἔπεα πτερόεντα·	il dit *ces* paroles ailées :
« Ἕκτορ, νῦν δὴ	« Hector, maintenant déjà
εἰς λελασμένος πάγχυ	tu es ayant oublié entièrement
ἐπικούρων,	les auxiliaires,
οἳ ἀποφθινύθουσιν εἵνεκα σέθεν	qui perdent-la -vie à cause de toi
τῆλε φίλων	loin de *leurs* amis
καὶ αἴης πατρίδος·	et de la terre de-la-patrie ;
σὺ δὲ οὐκ ἐθέλεις	et toi tu ne veux pas
ἐπαμύνειν.	*les* secourir.

Κεῖται Σαρπηδὼν, Λυκίων ἀγὸς ἀσπιστάων,
ὃς Λυκίην εἴρυτο δίκῃσί τε καὶ σθένεϊ ᾧ·
τὸν δ' ὑπὸ Πατρόκλῳ δάμασ' ἔγχεϊ χάλκεος Ἄρης.
Ἀλλὰ, φίλοι, πάρστητε, νεμεσσήθητε δὲ θυμῷ,
μὴ ἀπὸ τεύχε' ἕλωνται, ἀεικίσσωσι δὲ νεκρὸν   545
Μυρμιδόνες, Δαναῶν κεχολωμένοι, ὅσσοι ὄλοντο,
τοὺς ἐπὶ νηυσὶ θοῇσιν ἐπέφνομεν ἐγχείῃσιν. »

   Ὣς ἔφατο· Τρῶας δὲ κατάκρηθεν λάβε πένθος
ἄσχετον, οὐκ ἐπιεικτόν· ἐπεί σφισιν ἔρμα πόληος
ἔσχε, καὶ ἀλλοδαπός περ ἐών· πολέες γὰρ ἅμ' αὐτῷ   550
λαοὶ ἕποντ', ἐν δ' αὐτὸς ἀριστεύεσκε μάχεσθαι.
Βὰν δ' ἰθὺς Δαναῶν λελιημένοι· ἦρχε δ' ἄρα σφιν
Ἕκτωρ, χωόμενος Σαρπηδόνος. Αὐτὰρ Ἀχαιοὺς
ὦρσε Μενοιτιάδεω Πατροκλῆος λάσιον κῆρ[1].
Αἴαντε πρώτω προσέφη, μεμαῶτε καὶ αὐτώ·   555

larges boucliers, qui protégeait la Lycie par sa justice et sa puissance ;
le redoutable Mars l'a frappé par les mains de Patrocle. Venez, mes
amis, que l'indignation enflamme vos cœurs ; craignez que les Myrmidons ne le dépouillent de ses armes et ne l'outragent, irrités de
voir que nous ayons immolé tant de Grecs sur les rapides vaisseaux. »

   Il dit, et les Troyens sont en proie à une vive et intolérable douleur ; car Sarpédon, quoique étranger, était le rempart de leur ville ;
il était suivi d'une foule de héros, et il les surpassait tous par sa valeur au combat. Animés d'un noble courage, ils marchent contre les
Grecs ; à leur tête s'avance Hector, irrité de la mort de Sarpédon. Le
fils de Ménétius, le valeureux Patrocle, excite les Grecs ; il s'adresse
d'abord aux Ajax, qui déjà par eux-mêmes brûlent d'une généreuse
ardeur :

Σαρπηδὼν κεῖται, — Sarpédon est-gisant,
ἀγὸς Λυκίων — Sarpédon, chef des Lyciens
ἀσπιστάων, — armés-de-boucliers,
ὃς εἴρυτο Λυκίην — lequel défendait la Lycie
δίκῃσί τε καὶ ᾧ σθένεῖ· — et par sa justice et par sa force
Ἄρης δὲ χάλκεος — et Mars d'-airain
δάμασε τὸν ὑπὸ Πατρόκλῳ — a dompté lui sous Patrocle
ἔγχεϊ. — avec sa lance.
Ἀλλὰ πάρστητε, φίλοι, — Mais soyez-présents, amis,
νεμεσσήθητε δὲ θυμῷ, — et indignez-vous dans votre cœur,
μὴ Μυρμιδόνες, — de peur que les Myrmidons,
κεχολωμένοι Δαναῶν, — irrités à cause des Grecs,
ὅσσοι ὄλοντο, — qui ont péri,
τοὺς ἐπέφνομεν — lesquels nous avons tués
ἐγχείῃσιν — avec nos lances
ἐπὶ νηυσὶ θοῇσιν, — sur les vaisseaux rapides,
ἀφέλωνται τεύχεα, — n'enlèvent ses armes,
ἀεικίσσωσι δὲ νεκρόν. » — et n'outragent lui mort. »
   Ἔφατο ὥς· — Il dit ainsi ;
πένθος δὲ ἄσχετον, — et un deuil insupportable,
οὐκ ἐπιεικτὸν, — non capable-de-céder,
λάβε κατάκρηθεν Τρῶας· — saisit entièrement les Troyens ;
ἐπεὶ ἔσκε σφισὶν — puisque il était à eux
ἕρμα πόληος, — le rempart de leur ville,
καίπερ ἐὼν ἀλλοδαπός· — quoique étant étranger ;
λαοὶ γὰρ πολέες — car des peuples nombreux
ἕποντο αὐτῷ ἅμα, — suivaient lui ensemble,
αὐτὸς δὲ ἐν — et lui-même au milieu d'eux
ἀριστεύεσκε μάχεσθαι. — excellait à combattre.
Λελιημένοι δὲ — Or étant-pleins-d'ardeur
βὰν ἰθὺς — ils marchèrent droit
Δαναῶν· — contre les Grecs ;
Ἕκτωρ δὲ ἄρα, — et donc Hector,
χωόμενος Σαρπηδόνος, — irrité à cause de Sarpédon,
ἦρχέ σφιν. — allait-à-la-tête d'eux.
Αὐτὰρ κῆρ λάσιον — Mais le cœur velu (valeureux)
Πατροκλῆος Μενοιτιάδεω — de Patrocle fils-de-Ménétius
ὦρσεν Ἀχαιούς· — excita les Achéens ;
προσέφη Αἴαντε πρώτω, — il dit-aux Ajax les premiers,
μεμαῶτε καὶ αὐτώ· — étant-ardents déjà eux-mêmes :

« Αἴαντε, νῦν σφῶϊν ἀμύνεσθαι φίλον ἔστω,
οἷοί περ πάρος ἦτε μετ' ἀνδράσιν, ἢ καὶ ἀρείους.
Κεῖται ἀνὴρ ὃς πρῶτος ἐσήλατο τεῖχος Ἀχαιῶν,
Σαρπηδών. Ἀλλ' εἴ μιν ἀεικισσαίμεθ' ἑλόντες,
τεύχεά τ' ὤμοιϊν ἀφελοίμεθα, καί τιν' ἑταίρων   560
αὐτοῦ ἀμυνομένων δαμασαίμεθα νηλέϊ χαλκῷ. »

Ὣς ἔφατ'· οἱ δὲ καὶ αὐτοὶ ἀλέξασθαι μενέαινον.
Οἱ δ' ἐπεὶ ἀμφοτέρωθεν ἐκαρτύναντο φάλαγγας,
Τρῶες καὶ Λύκιοι, καὶ Μυρμιδόνες καὶ Ἀχαιοί,
σύμβαλον ἀμφὶ νέκυι κατατεθνηῶτι μάχεσθαι,   565
δεινὸν ἀΰσαντες· μέγα δ' ἔβραχε τεύχεα φωτῶν[1].
Ζεὺς δ' ἐπὶ νύκτ' ὀλοὴν τάνυσε κρατερῇ ὑσμίνῃ,
ὄφρα φίλῳ περὶ παιδὶ μάχης ὀλοὸς πόνος εἴη.

Ὧσαν δὲ πρότεροι Τρῶες ἑλίκωπας Ἀχαιούς.

« Ajax, pour repousser l'ennemi vous avez toujours été braves;
soyez plus braves encore aujourd'hui. Il n'est plus cet homme qui le
premier s'élança sur le mur des Achéens, Sarpédon. Mais peut-
être nous pourrons enlever son cadavre, le dépouiller de ses armes,
et dompter par le cruel airain ceux de ses compagnons qui vien-
draient le défendre. »

Il dit, et les Ajax brûlent de repousser l'ennemi. Lorsque les deux
armées eurent formé leurs phalanges, les Troyens, les Lyciens, les
Myrmidons et les Achéens en viennent aux mains autour du cadavre,
au milieu d'immenses clameurs, et les armes des combattants retentissent avec un horrible fracas. Jupiter étend une nuit funeste sur
cette sanglante mêlée, afin de rendre plus désastreuse encore cette
lutte qui s'engage autour de son fils chéri.

Les Troyens les premiers repoussent les Achéens au regard animé

« Αἴαντε, νῦν
ἔστω φίλον σφῶϊν
ἀμύνεσθαι,
οἷοί περ
ἦτε πάρος
μετὰ ἀνδράσιν,
ἢ καὶ ἀρείους.
Ἀνὴρ, Σαρπηδὼν, κεῖται,
ὃς πρῶτος ἐσήλατο
τεῖχος Ἀχαιῶν.
Ἀλλὰ εἰ ἑλόντες μιν
ἀεικισσαίμεθα,
ἀφελοίμεθά τε τεύχεα
ὤμοιϊν,
καὶ δαμασαίμεθα
χαλκῷ νηλέϊ
τινὰ ἑταίρων
ἀμυνομένων αὐτοῦ. »
   Ἔφατο ὥς·
οἱ δὲ καὶ αὐτοὶ
μενέαινον ἀλέξασθαι.
   Ἐπεὶ δὲ οἱ
ἐκαρτύναντο φάλαγγας
ἀμφοτέρωθεν,
Τρῶες καὶ Λύκιοι,
καὶ Μυρμιδόνες καὶ Ἀχαιοί,
σύμβαλον μάχεσθαι
ἀμφὶ νέκυι κατατεθνηῶτι,
ἀΰσαντες δεινόν·
τεύχεα δὲ φωτῶν
ἔβραχε μέγα.
Ζεὺς δὲ ἐπιτάνυσε
νύκτα ὀλοὴν
ὑσμίνῃ κρατερῇ,
ὄφρα πόνος μάχης
περὶ παιδὶ φίλῳ
εἴη ὀλοός.
   Τρῶες δὲ πρότεροι
ὦσαν Ἀχαιοὺς
ἑλίκωπας.

« Ajax, maintenant
qu'il soit à-cœur à vous
de vous défendre,
à vous tels que
vous étiez auparavant
parmi les hommes,
ou même plus braves.
Un homme, Sarpédon, est-gisant,
lequel le premier s'élança-sur
le mur des Achéens.   [pris lui
Mais si (puisse-t-il se faire que) ayant
nous *l'*outragions,
et nous enlevions *ses* armes
de *ses* épaules.
et nous domptions
par l'airain cruel
quelqu'un de *ses* compagnons
défendant lui. »
   Il dit ainsi;
et ceux-ci eux-mêmes   [mi.
s'empressaient de repousser *l'enne-*
Or lorsque ceux-ci
eurent fortifié *leurs* phalanges
des-deux-côtés,
les Troyens et les Lyciens,
et les Myrmidons et les Achéens,
se réunirent *pour* combattre
autour du corps mort,
ayant crié terriblement;
et les armes des hommes
retentirent grandement.
Et Jupiter étendit
une nuit funeste
sur la mêlée violente,
afin que le travail du combat
autour de *son* fils chéri
fût funeste.
   Et les Troyens les premiers
poussèrent les Achéens
aux-yeux-mobiles.

Βλῆτο γὰρ οὔτι κάκιστος ἀνὴρ μετὰ Μυρμιδόνεσσιν,　　　570
υἱὸς Ἀγακλῆος μεγαθύμου, δῖος Ἐπειγεύς,
ὅς ῥ᾽ ἐν Βουδείῳ[1] εὐναιομένῳ ἤνασσε
τοπρίν· ἀτὰρ τότε γ᾽, ἐσθλὸν ἀνεψιὸν ἐξεναρίξας,
ἐς Πηλῆ᾽ ἱκέτευσε καὶ ἐς Θέτιν ἀργυρόπεζαν.
Οἱ δ᾽ ἅμ᾽ Ἀχιλλῆϊ ῥηξήνορι πέμπον ἕπεσθαι　　　575
Ἴλιον εἰς εὔπωλον, ἵνα Τρώεσσι μάχοιτο.
Τόν ῥα τόθ᾽ ἁπτόμενον νέκυος βάλε φαίδιμος Ἕκτωρ
χερμαδίῳ κεφαλήν· ἡ δ᾽ ἄνδιχα πᾶσα κεάσθη
ἐν κόρυθι βριαρῇ· ὁ δ᾽ ἄρα πρηνὴς ἐπὶ νεκρῷ
κάππεσεν, ἀμφὶ δέ μιν θάνατος χύτο θυμοραϊστής.　　　580
Πατρόκλῳ δ᾽ ἄρ᾽ ἄχος γένετο, φθιμένου ἑτάροιο.
Ἴθυσεν δὲ διὰ προμάχων, ἴρηκι ἐοικὼς
ὠκέϊ, ὅστ᾽ ἐφόβησε κολοιούς τε ψῆράς τε·
ὣς ἰθὺς Λυκίων, Πατρόκλεις ἱπποκέλευθε,
ἔσσυο καὶ Τρώων· κεχόλωσο δὲ κῆρ ἑτάροιο.　　　585
Καί ῥ᾽ ἔβαλε Σθενέλαον, Ἰθαιμένεος φίλον υἱὸν,

C'est alors que succomba un guerrier qui n'était pas le plus lâche des Myrmidons, le fils du magnanime Agaclès, le divin Épigée, qui régnait autrefois dans la populeuse Boudie. Après avoir tué un parent belliqueux, il vint en suppliant auprès de Pélée et de Thétis aux pieds d'argent, qui l'envoyèrent à la suite de l'irrésistible Achille vers Ilion féconde en coursiers, pour combattre les Troyens. Au moment où il touche le cadavre, le brillant Hector le frappe d'une pierre à la tête; le crâne se fend sous son casque solide; le héros tombe le front dans la poussière, et la mort dévorante l'environne de ténèbres. Patrocle ressent une pénible douleur de la mort de son compagnon. Il se précipite au milieu des premiers combattants, semblable au faucon rapide qui met en fuite des geais et des étourneaux. Ainsi, noble Patrocle, tu t'élanças contre les Lyciens et les Troyens; ton cœur était vivement irrité. D'une pierre il frappe au cou Sthénélaüs, fils chéri

Ἀνὴρ γὰρ οὔτι κάκιστος	Car un homme non le plus mauvais
μετὰ Μυρμιδόνεσσιν,	parmi les Myrmidons,
υἱὸς Ἀγακλῆος μεγαθύμου,	le fils d'Agaclès magnanime,
Ἐπειγεὺς δῖος,	Épigée divin,
βλῆτο,	fut blessé,
ὅς ῥα ἤνασσε τοπρὶν	lequel commandait auparavant
ἐν Βουδείῳ εὐναιομένῳ·	dans Boudie bien-habitée;
ἀτὰρ τότε γε,	et alors du moins,
ἐξεναρίξας ἀνεψιὸν ἐσθλὸν,	ayant tué un cousin brave,
ἱκέτευσεν ἐς Πηλῆα	il vint-suppliant à Pélée
καὶ ἐς Θέτιν ἀργυρόπεζαν.	et à Thétis aux-pieds-d'argent.
Οἱ δὲ πέμπον	Ceux-ci l'envoyaient
ἕπεσθαι ἅμα	pour suivre en-même-temps
Ἀχιλῆϊ ῥηξήνορι	Achille qui-enfonce-les-bataillons
εἰς Ἴλιον εὔπωλον,	vers Ilion riche-en-coursiers,
ἵνα μάχοιτο Τρώεσσι.	afin qu'il combattît les Troyens.
Τότε ῥα Ἕκτωρ φαίδιμος	Alors donc Hector brillant
βάλε κεφαλὴν χερμαδίῳ	frappa à la tête avec une pierre
τὸν ἁπτόμενον νέκυος·	lui touchant au mort;
ἡ δὲ πᾶσα	et celle-ci (la tête) entière
κεάσθη ἄνδιχα	fut fendue en-deux-parties
ἐν κόρυθι βριαρῇ·	dans le casque solide;
ὁ δὲ ἄρα κάππεσε πρηνὴς	et lui donc tomba en-avant
ἐπὶ νεκρῷ,	sur le mort,
θάνατος δὲ θυμοραϊστὴς	et la mort qui-détruit-l'âme
χύτο ἀμφί μιν.	se répandit autour de lui.
Ἄχος δὲ ἄρα γένετο Πατρόκλῳ,	Or donc la douleur fut à Patrocle,
ἑτάροιο φθιμένου.	son compagnon ayant péri.
Ἴθυσε δὲ	Et il se précipita-droit
διὰ προμάχων,	à travers les premiers-combattants,
ἐοικὼς ἴρηκι ὠκεῖ	ressemblant au faucon rapide,
ὅστε ἐφόβησε	lequel a effrayé
κολοιούς τε ψῆράς τε·	et des geais et des étourneaux :
ὣς ἔσσυο ἰθὺς	ainsi tu te précipitas droit
Λυκίων καὶ Τρώων,	contre les Lyciens et les Troyens,
Πατρόκλεις ἱπποκέλευθε·	Patrocle porté-par-des-chevaux;
κεχόλωσο δὲ κῆρ	et tu étais irrité *dans ton cœur*
ἑτάροιο.	*à cause de ton* compagnon.
Καὶ ἔβαλέ ῥα αὐχένα	Et il frappa donc au cou
χερμαδίῳ	avec une pierre

αὐχένα χερμαδίῳ, ῥῆξεν δ' ἀπὸ τοῖο τένοντας.

Χώρησαν δ' ὑπό τε πρόμαχοι καὶ φαίδιμος Ἕκτωρ.

Ὅσση δ' αἰγανέης ῥιπὴ τανιοῖο τέτυκται,

ἥν ῥά τ' ἀνὴρ ἀφέῃ πειρώμενος, ἢ ἐν ἀέθλῳ,   590

ἠὲ καὶ ἐν πολέμῳ, δηίων ὕπο θυμοραϊστέων·

τόσσον ἐχώρησαν Τρῶες, ὤσαντο δ' Ἀχαιοί.

Γλαῦκος δὲ πρῶτος, Λυκίων ἀγὸς ἀσπιστάων,

ἐτράπετ', ἔκτεινεν δὲ Βαθυκλῆα μεγάθυμον,

Χάλκωνος φίλον υἱὸν, ὃς Ἑλλάδι οἰκία ναίων,   595

ὄλβῳ τε πλούτῳ τε μετέπρεπε Μυρμιδόνεσσι[1]·

τὸν μὲν ἄρα Γλαῦκος στῆθος μέσον οὔτασε δουρὶ,

στρεφθεὶς ἐξαπίνης, ὅτε μιν κατέμαρπτε διώκων.

Δούπησεν δὲ πεσών· πυκινὸν δ' ἄχος ἔλλαβ' Ἀχαιοὺς,

ὡς ἔπεσ' ἐσθλὸς ἀνήρ· μέγα δὲ Τρῶες κεχάροντο·   600

στὰν δ' ἀμφ' αὐτὸν ἰόντες ἀολλέες. Οὐδ' ἄρ' Ἀχαιοὶ

d'Ithémène, et lui brise les nerfs. Aussitôt les premiers combattants et le brillant Hector reculent. Aussi loin porte un long javelot lancé par un homme qui essaye sa force ou dans les jeux ou dans les combats contre les ennemis destructeurs, aussi loin se retirent les Troyens repoussés par les Grecs. Glaucus le premier, chef des Lyciens aux larges boucliers, se retourne et tue le fils chéri de Chalcon, le magnanime Bathyclès, qui habitait Hellas, et qui, par ses richesses et son opulence, l'emportait sur tous les Myrmidons. Glaucus, par un mouvement rapide, le frappe de sa lance au milieu de la poitrine, au moment où Bathyclée allait l'atteindre. Le héros fait retentir la terre de sa chute ; les Achéens ressentent une vive douleur à la vue de ce brave qui vient de succomber. Les Troyens se livrent à des transports de joie, et se tiennent en rangs serrés autour de Glaucus. Les Achéens

Σθενέλαον,
Sthénélaüs,

υἱὸν φίλον Ἰθαιμένεο;,
fils chéri d'Ithémène

ἀπόρηξε δὲ τένοντας τοῖο.
et il brisa les nerfs de lui.

Πρόμαχοι δέ τε
Or et les premiers-combattants

καὶ Ἕκτωρ φαίδιμος
et Hector brillant

ὑπεχώρησαν.
se retirèrent.

Ὅσση δὲ τέτυκται ῥιπὴ
Et aussi-grand-qu'est le jet

αἰγανέης τανασῖο,
d'un javelot long,

ἥν ῥά τε ἀφέῃ
lequel certes aura lancé

ἀνὴρ πειρώμενος,
un homme s'essayant,

ἢ ἐν ἀέθλῳ,
ou dans la lutte-des-jeux,

ἠὲ καὶ ἐν πολέμῳ,
ou même dans la guerre,

ὑπὸ δηίων
étant pressé par les ennemis

θυμοραϊστέων·
qui-détruisent-la-vie :

τόσσον Τρῶες ἐχώρησαν
autant les Troyens se retirèrent,

Ἀχαιοὶ δὲ ὦσαντο.
et les Achéens *les* repoussèrent.

Γλαῦκος δὲ πρῶτος,
Or Glaucus le premier,

ἀγὸς Λυκίων ἀσπιστάων,
chef des Lyciens armés-de-boucliers,

ἐτράπετο,
se tourna,

ἔκτεινε δὲ Βαθυκλῆα μεγάθυμον,
et tua Bathyclée magnanime,

υἱὸν φίλον Χάλκωνος,
fils chéri de Chalcon,

ὃς ναίων οἰκία
lequel habitant des demeures

Ἑλλάδι,
dans Hellas,

μετέπρεπε Μυρμιδόνεσσιν
excellait-parmi les Myrmidons

ὄλβῳ τε πλούτῳ τε.
et par *sa* fortune et par *sa* richesse.

Γλαῦκος μὲν ἄρα,
Glaucus à la vérité donc,

στρεφθεὶς ἐξαπίνης,
s'étant tourné soudain,

οὔτασε τὸν δουρὶ
frappa celui-ci avec *sa* lance

στῆθος μέσον,
à la poitrine au-milieu,

ὅτε διώκων μιν
lorsque *celui-ci* poursuivant lui

κατέμαρπτε.
*l'*atteignait *déjà*.

Δούπησε δὲ πεσών·
Et il retentit étant tombé;

ἄχος δὲ πυκινὸν
et une douleur serrée (violente)

ἔλλαβεν Ἀχαιούς,
saisit les Achéens,

ὡς ἀνὴρ ἐσθλὸς ἔπεσε·
dès que *cet* homme brave fut tombé;

Τρῶες δὲ
mais les Troyens

κεχάροντο μέγα·
se réjouirent grandement;

ἰόντες δὲ
et étant venus

στὰν ἀολλέες ἀμφὶ αὐτόν.
ils se tinrent serrés autour de lui.

Ἀχαιοὶ ἄρα
Les Achéens donc

ἀλκῆς ἐξελάθοντο, μένος δ' ἰθὺς φέρον αὐτῶν.
Ἔνθ' αὖ Μηριόνης Τρώων ἕλεν ἄνδρα κορυστὴν,
Λαόγονον, θρασὺν υἱὸν Ὀνήτορος, ὃς Διὸς ἱρεὺς
Ἰδαίου ἐτέτυκτο, θεὸς δ' ὣς τίετο δήμῳ·   605
τὸν βάλ' ὑπὸ γναθμοῖο καὶ οὔατος· ὦκα δὲ θυμὸς
ᾤχετ' ἀπὸ μελέων, στυγερὸς δ' ἄρα μιν σκότος εἷλεν
Αἰνείας δ' ἐπὶ Μηριόνῃ δόρυ χάλκεον ἧκεν·
ἔλπετο γὰρ τεύξεσθαι ὑπασπίδια προβιβῶντος·
ἀλλ' ὁ μὲν ἄντα ἰδὼν ἠλεύατο χάλκεον ἔγχος·   610
πρόσσω γὰρ κατέκυψε, τὸ δ' ἐξόπιθεν δόρυ μακρὸν
οὔδει ἐνισκίμφθη, ἐπὶ δ' οὐρίαχος πελεμίχθη
ἔγχεος· ἔνθα δ' ἔπειτ' ἀφίει μένος ὄβριμος Ἄρης.
[Αἰχμὴ δ' Αἰνείαο κραδαινομένη κατὰ γαίης
ᾤχετ', ἐπεί ῥ' ἅλιον στιβαρῆς ἀπὸ χειρὸς ὄρουσεν.]   615
Αἰνείας δ' ἄρα θυμὸν ἐχώσατο, φώνησέν τε·

n'oublient point leur valeur; ils se portent avec ardeur contre l'ennemi. Mérion immole un Troyen au casque superbe, Laogone, fils audacieux d'Onétor, qui, prêtre de Jupiter sur l'Ida, était honoré par le peuple comme un dieu; Mérion le frappe sous la mâchoire et l'oreille; aussitôt la vie abandonne ses membres, et les affreuses ténèbres de la mort l'environnent de toutes parts. Énée lance contre Mérion un javelot d'airain; il espère atteindre ce héros qui s'avance couvert de son bouclier. Mérion l'aperçoit et évite la lance d'airain; car il se penche, et le long javelot va derrière lui s'enfoncer dans la terre; c'est alors que le trait impétueux perd toute sa force. Le javelot d'Énée pénètre dans le sol, lancé vainement par un bras vigoureux. Alors Énée, irrité dans son cœur, s'écrie :

οὐδὲ ἐξελάθοντο ἀλκῆς,	n'oublièrent pas *leur* valeur,
φέρον δὲ μένος	et ils portaient *leur* force
ἰθὺς αὐτῶν.	droit contre eux.
Ἔνθα αὖ Μηριόνης	Alors de-son-côté Mérion
ἕλεν ἄνδρα Τρώων	tua un homme des Troyens
κορυστὴν,	couvert-d'un-casque,
Λαόγονον,	Laogone,
υἱὸν θρασὺν Ὀνήτορος,	fils audacieux d'Onétor,
ὃς ἐτέτυκτο ἱρεὺς	lequel avait été fait (était) prêtre
Διὸς Ἰδαίου,	de Jupiter Idéen,
τίετο δὲ δήμῳ	et était honoré par le peuple
ὡς θεός·	comme un dieu;
βάλε τὸν	il frappa lui
ὑπὸ γναθμοῖο	sous la mâchoire
καὶ οὔατος·	et *sous* l'oreille;
ὦκα δὲ θυμὸς	et aussitôt le souffle-vital
ᾤχετο ἀπὸ μελέων,	partit de *ses* membres,
σκότος δὲ ἄρα στυγερὸς	et donc l'obscurité horrible
εἷλέ μιν.	saisit lui.
Αἰνείας δὲ ἧκεν ἐπὶ Μηριόνῃ	Et Énée envoya contre Mérion
δόρυ χάλκεον·	une lance d'-airain;
ἔλπετο γὰρ τεύξεσθαι	car il espérait atteindre
προβιβῶντος ὑπασπίδια·	*lui* s'avançant sous-*son*-bouclier;
ἀλλὰ ὁ μὲν	mais celui-ci à la vérité
ἰδὼν ἄντα,	*l*'ayant vu en-face,
ἠλεύατο ἔγχος χάλκεον·	évita la lance d'-airain;
κατέκυψε γὰρ πρόσσω,	car il se pencha en avant,
τὸ δὲ δόρυ μακρὸν	et la lance longue
ἐνισκίμφθη ἐξόπιθεν	s'enfonça par-derrière
οὔδει·	dans le sol;
ἔπειτα δὲ ἔνθα	et ensuite alors
Ἄρης ὄβριμος	Mars (le fer) impétueux
ἀφίει μένος.	perdit *sa* force.
[Αἰχμὴ δὲ Αἰνείαο κραδαινομένη	[Or la lance d'Énée étant vibrée
ᾤχετο κατὰ γαίης,	alla dans la terre,
ἐπεί ῥα ὄρουσεν ἅλιον	puisqu'elle s'élança inutilement
ἀπὸ χειρὸς στιβαρῆς.]	de *sa* main robuste.]
Αἰνείας δὲ ἄρα	Et Énée donc
ἐχώσατο θυμὸν,	s'irrita *dans son* cœur,
φώνησέ τε·	et parla :

« Μηριόνη, τάχα κέν σε, καὶ ὀρχηστήν περ ἐόντα,
ἔγχος ἐμὸν κατέπαυσε διαμπερές, εἴ σ᾽ ἔβαλόν περ. »

Τὸν δ᾽ αὖ Μηριόνης δουρικλυτὸς ἀντίον ηὔδα·

« Αἰνεία, χαλεπόν σε, καὶ ἴφθιμόν περ ἐόντα,   620
πάντων ἀνθρώπων σβέσσαι μένος, ὅς κέ σευ ἄντα
ἔλθη ἀμυνόμενος · θνητὸς δέ νυ καὶ σὺ τέτυξαι.
Εἰ καὶ ἐγώ σε βάλοιμι τυχὼν μέσον ὀξέϊ χαλκῷ,
αἶψά κε, καὶ κρατερός περ ἐὼν καὶ χερσὶ πεποιθὼς,
εὖχος ἐμοὶ δοίης, ψυχὴν δ᾽ Ἄϊδι κλυτοπώλῳ. »   625

Ὣς φάτο· τὸν δ᾽ ἐνένιπτε Μενοιτίου ἄλκιμος υἱός·

« Μηριόνη, τί σὺ ταῦτα, καὶ ἐσθλὸς ἐὼν, ἀγορεύεις;
Ὦ πέπον, οὔτι Τρῶες ὀνειδείοις ἐπέεσσι
νεκροῦ χωρήσουσι · πάρος τινὰ γαῖα καθέξει.
Ἐν γὰρ χερσὶ τέλος πολέμου, ἐπέων δ᾽ ἐνὶ βουλῇ ·   630
τῷ οὔτι χρὴ μῦθον ὀφέλλειν, ἀλλὰ μάχεσθαι[1]. »

« Mérion, malgré ton agilité à la danse, mon javelot eût pour toujours réprimé ton ardeur, si je t'eusse atteint. »

Mérion, illustre par les exploits de sa lance, lui répond en ces
termes :

« Énée, il te sera difficile, malgré ton courage, d'éteindre la vie de
tous les guerriers qui viendront pour te combattre. Toi aussi tu es
un mortel : si je te frappais au milieu de la poitrine avec ma lance à
la pointe aiguë, alors, malgré ta valeur et ta confiance dans tes bras,
tu me donnerais la gloire, et tu donnerais ton âme à Pluton célèbre
par ses coursiers. »

Il dit, et le valeureux fils de Ménétius lui adresse ces reproches :

« Pourquoi donc, Mérion, toi qui es brave, tiens-tu ce langage ?
Ami, les paroles outrageantes n'écarteront point les Troyens de ce
cadavre ; avant qu'ils s'éloignent, la terre couvrira les restes d'un de
leurs chefs. A la guerre, le courage ; dans l'assemblée, l'éloquence,
Il ne s'agit donc point ici de parler, mais d'agir. »

« Μηριόνη, τάχα ἐμὸν ἔγχος   « Mérion, bientôt ma lance
κατέπαυσέ κε διαμπερές σε,   aurait arrêté pour toujours toi,
καίπερ ἐόντα ὀρχηστὴν,   quoique étant *agile* danseur,
εἴπερ ἔβαλόν σε. »   si j'avais frappé (atteint) toi. »

    Μηριόνης δὲ αὖ   Et Mérion à-son-tour   [face :
δουρικλυτὸς ηὖδα τὸν ἀντίον·   illustre-par-la-lance dit à lui en-

    « Αἰνεία, χαλεπόν σε,   « Énée, *il est* difficile toi,
καίπερ ἐόντα ἴφθιμον   quoique étant courageux,
σβέσσαι μένος   éteindre la force
πάντων ἀνθρώπων,   de tous les hommes,
ὃς κεν ἔλθῃ   *de celui* qui sera venu
ἄντα σευ   en-face de toi
ἀμυνόμενος·   *te* repoussant (pour te repousser);
σὺ δὲ καί νυ τέτυξαι θνητός.   et toi aussi tu es mortel.
Εἰ καὶ ἐγὼ τυχὼν   Si aussi moi *t'*ayant atteint
βάλοιμί σε μέσον   je frappais toi au-milieu
χαλκῷ ὀξεῖ,   avec l'airain aigu,
αἶψα καίπερ ἐὼν κρατερὸς   aussitôt quoique étant courageux
καὶ πεποιθὼς χερσὶ,   et confiant dans *tes* mains,
δοίης ἐμοὶ εὖχος,   tu donnerais à moi la gloire,
ψυχὴν δὲ Ἄϊδι   et une âme à Pluton
κλυτοπώλῳ. »   célèbre-par-ses-coursiers. »

    Φάτο ὥς·   Il dit ainsi;
υἱὸς δὲ ἄλκιμος Μενοιτίου   et le fils valeureux de Ménétius
ἐνένιπτε τόν·   gourmanda lui :

    « Μηριόνη, τί σὺ,   « Mérion, pourquoi toi,
καὶ ἐὼν ἐσθλὸς,   même étant brave,
ἀγορεύεις ταῦτα;   dis-tu ces choses?
Ὦ πέπον, Τρῶες   O *mon* cher, les Troyens
οὔτι χωρήσουσι νεκροῦ   ne se retireront pas du mort
ἐπέεσσιν ὀνειδείοις·   par des paroles injurieuses;
γαῖα καθέξει τινὰ   la terre contiendra quelqu'un
πάρος.   auparavant.
Τέλος γὰρ πολέμου   Car la fin de la guerre
ἐν χερσὶν,   *est* dans les mains,
ἐπέων δὲ   et *la fin* des paroles
ἐνὶ βουλῇ·   *est* dans le conseil;
τῷ οὔτι χρὴ   aussi il ne faut nullement
ὀφέλλειν μῦθον,   augmenter le discours,
ἀλλὰ μάχεσθαι. »   mais combattre. »

ILIADE, XVI.

Ὣς εἰπὼν, ὁ μὲν ἦρχ᾽, ὁ δ᾽ ἅμ᾽ ἕσπετο ἰσόθεος φώς.
Τῶν δ᾽, ὥστε δρυτόμων ἀνδρῶν ὀρυμαγδὸς ὄρωρεν
οὔρεος ἐν βήσσῃς, ἕκαθεν δέ τε γίγνετ᾽ ἀκουή·
ὣς τῶν ὤρνυτο δοῦπος ἀπὸ χθονὸς εὐρυοδείης,   635
χαλκοῦ τε ῥινοῦ τε, βοῶν τ᾽ εὐποιητάων,
νυσσομένων ξίφεσίν τε καὶ ἔγχεσιν ἀμφιγύοισιν.
Οὐδ᾽ ἂν ἔτι φράδμων περ ἀνὴρ Σαρπηδόνα δῖον
ἔγνω, ἐπεὶ βελέεσσι καὶ αἵματι καὶ κονίῃσιν
ἐκ κεφαλῆς εἴλυτο διαμπερὲς ἐς πόδας ἄκρους.   640
Οἱ δ᾽ αἰεὶ περὶ νεκρὸν ὁμίλεον, ὡς ὅτε μυῖαι
σταθμῷ ἔνι βρομέωσι περιγλαγέας κατὰ πέλλας,
ὥρῃ ἐν εἰαρινῇ, ὅτε τε γλάγος ἄγγεα δεύει·
ὣς ἄρα τοὶ περὶ νεκρὸν ὁμίλεον. Οὐδέ ποτε Ζεὺς
τρέψεν ἀπὸ κρατερῆς ὑσμίνης ὄσσε φαεινώ,   645
ἀλλὰ κατ᾽ αὐτοὺς αἰὲν ὅρα, καὶ φράζετο θυμῷ

Il dit, et s'avance aussitôt suivi de Mérion, mortel égal à un dieu.
De même que, dans les halliers de la montagne, la cognée des bûcherons retentit au loin avec fracas, de même dans la vaste plaine réson-
nent l'airain et les boucliers faits de peaux de bœufs, sous les coups
des glaives et des lances à deux tranchants. L'œil le plus exercé n'aurait point reconnu le divin Sarpédon; car des pieds à la tête il est
couvert de traits, de sang et de poussière. Les guerriers se pressent
autour du cadavre : de même que dans une étable les mouches bourdonnent autour des jattes remplies de lait dans la saison printanière,
lorsque le lait inonde les vases, de même ils se rassemblent autour
de Sarpédon. Jupiter ne détourne point de cette terrible mêlée ses
yeux étincelants, mais il contemple toujours les deux armées, et fait

Εἰπὼν ὡς,
ὁ μὲν ἦρχεν,
ὁ δὲ φὼς ἰσόθεος
ἕσπετο ἅμα.
Τῶν δὲ,
ὥστε ὀρυμαγδὸς
ἀνδρῶν δρυτόμων
ὄρωρεν
ἐν βήσσῃς οὔρεος,
ἀκουὴ δέ τε γίγνεται ἔκαθεν·
ὡς δοῦπος τῶν
νυσσομένων
ξίφεσί τε καὶ ἔγχεσιν
ἀμφιγύοισιν,
ὤρνυτο
ἀπὸ χθονὸς εὐρυοδείης,
χαλκοῦ τε ῥινοῦ τε,
βοῶν τε
εὐποιητάων.
Ἀνήρ περ φράδμων
οὐδὲ ἂν ἔγνω ἔτι
Σαρπηδόνα δῖον,
ἐπεὶ εἴλυτο διαμπερὲς
ἐκ κεφαλῆς ἐς πόδας ἄκρους
βελέεσσι καὶ αἵματι
καὶ κονίῃσιν.
Οἱ δὲ ὁμίλεον αἰεὶ
περὶ νεκρὸν,
ὡς ὅτε μυῖαι
βρομέωσιν ἐνὶ σταθμῷ
κατὰ πέλλας περιγλαγέας,
ἐν ὥρῃ εἰαρινῇ
ὅτε τε γλάφος
δεύει ἄγγεα·
ὡς ἄρα τοὶ ὁμίλεον
περὶ νεκρόν.
Ζεὺς δὲ οὐ τρέψε ποτὲ
ἀπὸ ὑσμίνης κρατερῆς
ὄσσε φαεινώ,
ἀλλὰ καθόρα αἰὲν αὐτοὺς,

Ayant dit ainsi,
celui-ci à la vérité allait-en-avant,
et celui-là homme égal-à-un-dieu
suivait en-même-temps.
Or *le bruit* de ceux-ci,
comme le tumulte
d'hommes bûcherons
s'est élevé (s'élève)
dans les halliers d'une montagne,
et l'audition a-lieu de loin :
ainsi le bruit de ceux-ci
étant frappés
et par les épées et par les lances
au-double-tranchant,
s'élevait
de la terre étendue,
et de l'airain et du cuir,
et des peaux-de-bœufs
bien-arrangées.
Un homme même pénétrant
ne reconnaîtrait plus
Sarpédon divin,   [ment
puisqu'il était enveloppé entière-
de la tête aux pieds extrêmes
par les traits et par le sang
et par la poussière.
Et ceux-ci se trouvaient toujours
autour du mort,
comme lorsque des mouches
bourdonnent dans une étable
autour des jattes remplies-de-lait,
dans la saison du-printemps,
lorsque le lait
inonde les vases :
ainsi donc ceux-ci se trouvaient
autour du mort.
Et Jupiter ne tourna jamais
loin de la mêlée terrible
ses yeux brillants,
mais il regardait toujours eux,

πολλὰ μάλ’ ἀμφὶ φόνῳ Πατρόκλου, μερμηρίζων,
ἢ ἤδη καὶ κεῖνον ἐνὶ κρατερῇ ὑσμίνῃ
αὐτοῦ ἐπ’ ἀντιθέῳ Σαρπηδόνι φαίδιμος Ἕκτωρ
χαλκῷ δῃώσῃ, ἀπό τ’ ὤμων τεύχε’ ἕληται,   650
ἢ ἔτι καὶ πλεόνεσσιν ὀφέλλειεν πόνον αἰπύν.
Ὧδε δέ οἱ φρονέοντι δοάσσατο κέρδιον εἶναι[1],
ὄφρ’ ἠὺς θεράπων Πηληϊάδεω Ἀχιλῆος
ἐξαῦτις Τρῶάς τε καὶ Ἕκτορα χαλκοκορυστὴν
ὤσαιτο προτὶ ἄστυ, πολέων δ’ ἀπὸ θυμὸν ἕλοιτο.   655
Ἕκτορι δὲ πρωτίστῳ ἀνάλκιδα θυμὸν ἐνῆκεν·
ἐς δίφρον δ’ ἀναβάς, φύγαδ’ ἔτραπε, κέκλετο δ’ ἄλλους
Τρῶας φευγέμεναι· γνῶ γὰρ Διὸς ἱρὰ τάλαντα.
Ἔνθ’ οὐδ’ ἴφθιμοι Λύκιοι μένον, ἀλλ’ ἐφόβηθεν
πάντες, ἐπεὶ βασιλῆα ἴδον, βεβλαμμένον ἦτορ,   660
κείμενον ἐν νεκύων ἀγύρει· πολέες γὰρ ἐπ’ αὐτῷ
κάππεσον, εὖτ’ ἔριδα κρατερὴν ἐτάνυσσε Κρονίων.

en lui-même de profondes réflexions sur le meurtre de Patrocle; il se
demande si le brillant Hector l'immolera avec l'airain sur le corps du
divin Sarpédon, et le dépouillera de ses armes, ou s'il rendra la lutte
encore plus acharnée par la mort d'un plus grand nombre de guerriers. Au milieu de ses pensées, il lui semble préférable que le brave
compagnon d'Achille repousse vers la ville les Troyens et Hector à
l'armure d'airain, et qu'il immole de nombreux combattants. Il com-
mence par amollir le courage d'Hector; ce héros monte sur son char,
s'enfuit et exhorte les autres Troyens à le suivre; car il reconnaît de
quel côté penchent les balances sacrées de Jupiter. Les belliqueux
Lyciens eux-mêmes ne résistent point; mais ils prennent la fuite
épouvantés à la vue de leur roi, qui, blessé au cœur, gisait dans la
foule des morts; car un grand nombre de combattants avaient succombé dans cette lutte sanglante, suscitée par le fils de Saturne.

καὶ φράζετο θυμῷ	et méditait dans *son* cœur
πολλὰ μάλα	beaucoup grandement
ἀμφὶ φόνῳ Πατρόκλου,	sur le meurtre de Patrocle,
μερμηρίζων,	étant-incertain,
ἢ ἤδη Ἕκτωρ φαίδιμος	ou-si déjà Hector brillant
δῃώσῃ χαλκῷ	fera-périr par l'airain
κεῖνον καὶ αὐτοῦ	lui aussi là-même
ἐπὶ Σαρπηδόνι ἀντιθέῳ,	sur Sarpédon égal-à-un-dieu,
ἀφέληταί τε τεύχεα	et *lui* enlèvera *ses* armes
ὤμων,	de *ses* épaules,
ἢ ὀφέλλειεν	ou-s'il augmentera
ἔτι καὶ πλεόνεσσι	encore même pour plus *d'hommes*
πόνον αἰπύν.	le travail terrible.
Δοάσσατο δὲ εἶναι κέρδιόν	Or *ceci* parut être préférable
οἱ φρονέοντι ὧδε,	à lui réfléchissant ainsi,
ὄφρα θεράπων ἠΰς	afin que le serviteur brave
Ἀχιλῆος Πηληϊάδεω	d'Achille fils-de-Pélée
ὤσαιτο ἐξαῦτις προτὶ ἄστυ	repoussât en-arrière vers la ville
Τρῶάς τε	et les Troyens
καὶ Ἕκτορα χαλκοκορυστὴν,	et Hector à-l'armure-d'-airain,
ἀφέλοιτο δὲ θυμὸν	et qu'il enlevât le souffle-vital
πολέων.	à beaucoup.
Ἐνῆκε δὲ θυμὸν ἀνάλκιδα	Or il envoya un cœur sans-force
Ἕκτορι πρωτίστῳ·	à Hector tout-le-premier;
ἀναβὰς δὲ ἐς δίφρον,	et étant monté sur *son* char,
ἔτραπε φύγαδε,	il se tourna vers-la-fuite,
κέκλετο δὲ ἄλλους Τρῶας	et exhorta les autres Troyens
φευγέμεναι·	à fuir;
γνῶ γὰρ	car il reconnut
τάλαντα ἱρὰ Διός.	les balances sacrées de Jupiter.
Ἔνθα Λύκιοι ἴφθιμοι	Alors les Lyciens courageux
οὐδὲ μένον,	ne restaient même pas,
ἀλλὰ πάντες ἐφόβηθεν,	mais tous furent effrayés,
ἐπεὶ ἴδον βασιλῆα,	lorsqu'ils virent *leur* roi,
βεβλαμμένον ἦτορ,	ayant été blessé au cœur,
κείμενον ἐν ἀγύρει νεκύων·	gisant dans la multitude des morts;
πολέες γὰρ κάππεσον ἐπὶ αὐτῷ,	car beaucoup tombèrent sur lui
εὖτε Κρονίων	lorsque le fils-de-Saturne
ἐτάνυσσεν	eut tendu (suscité)
ἔριδα κρατερήν.	une querelle violente.

Οἱ δ' ἄρ' ἀπ' ὤμοιϊν Σαρπηδόνος ἔντε' ἕλοντο,
χάλκεα, μαρμαίροντα, τὰ μὲν κοίλας ἐπὶ νῆας
δῶκε φέρειν ἑτάροισι Μενοιτίου ἄλκιμος υἱός. 665
Καὶ τότ' Ἀπόλλωνα προσέφη νεφεληγερέτα Ζεύς·

« Εἰ δ', ἄγε νῦν, φίλε Φοῖβε, κελαινεφὲς αἷμα κάθηρον
ἐλθὼν ἐκ βελέων Σαρπηδόνα, καί μιν ἔπειτα
πολλὸν ἀποπρὸ φέρων, λοῦσον ποταμοῖο ῥοῇσι,
χρῖσόν τ' ἀμβροσίη, περὶ δ' ἄμβροτα εἵματα ἕσσον· 670
πέμπε δέ μιν πομποῖσιν ἅμα κραιπνοῖσι φέρεσθαι,
Ὕπνῳ καὶ Θανάτῳ διδυμάοσιν, οἵ ῥά μιν ὦκα
θήσουσ' ἐν Λυκίης εὐρείης πίονι δήμῳ·
ἔνθα ἑ ταρχύσουσι κασίγνητοί τε ἔται τε
τύμβῳ τε στήλῃ τε· τὸ γὰρ γέρας ἐστὶ θανόντων. » 675
Ὣς ἔφατ'· οὐδ' ἄρα πατρὸς ἀνηκούστησεν Ἀπόλλων.
Βῆ δὲ κατ' Ἰδαίων ὀρέων ἐς φύλοπιν αἰνήν·
αὐτίκα δ' ἐκ βελέων Σαρπηδόνα δῖον ἀείρας,

Les vainqueurs enlèvent des épaules de Sarpédon les armes resplen-
dissantes d'airain, que le valeureux fils de Ménétius ordonne à ses
compagnons de porter sur les creux navires. Alors Jupiter, qui as-
semble les nuages, dit à Apollon :

« Va maintenant, Phébus chéri, va retirer Sarpédon du milieu des
traits, étanche le sang noir qui le souille, puis emporte ses restes,
plonge-les dans le courant d'un fleuve, parfume-les d'ambroisie, et
couvre son corps de vêtements immortels; ensuite confie-le à deux
rapides conducteurs, le Sommeil et la Mort, qui le déposeront dans
la vaste et fertile Lycie. Là ses frères et ses amis lui rendront les
honneurs d'un tombeau et d'un cippe; car telle est la récompense
due aux morts. »

Il dit, et Apollon, docile à la voix de son père, descend des hau-
teurs de l'Ida dans la terrible mêlée; aussitôt il retire du milieu des

Οἱ δὲ ἄρα | Et donc ceux-ci
ἀφέλοντο ὤμοιϊν Σαρπηδόνος | enlevèrent des épaules de Sarpédon
ἔντεα χάλκεα, μαρμαίροντα, | *ses* armes d'-airain, resplendissan-
τὰ μὲν | lesquelles à la vérité   [tes,
υἱὸς ἄλκιμος Μενοιτίου | le fils courageux de Ménétius
δῶκεν ἑτάροισι | donna à *ses* compagnons
φέρειν | *pour les* porter
ἐπὶ νῆας κοίλας. | sur les vaisseaux creux.
Καὶ τότε Ζεὺς | Et alors Jupiter
νεφεληγερέτα | qui-assemble-les-nuages
προσέφη Ἀπόλλωνα· | dit-à Apollon :
« Εἰ δὲ, ἄγε νῦν, | « Eh bien! va maintenant,
Φοῖβε φίλε, | Phébus chéri,
ἐλθὼν κάθηρον Σαρπηδόνα, | étant allé nettoie Sarpédon,
ἐκ βελέων. | *emporté* hors des traits,
αἷμα κελαινεφὲς, | d'un sang noir,
καὶ ἔπειτα | et ensuite
φέρων μιν πολλὸν ἀποπρὸ, | portant lui bien loin,
λοῦσον ῥοῇσι ποταμοῖο, | lave-*le* par les courants d'un fleuve,
χρῖσόν τε ἀμβροσίῃ, | et oins-*le* d'ambroisie,
περίεσσον δὲ | et revêts-autour *de lui*
εἵματα ἄμβροτα· | des vêtements immortels;
πέμπε δέ μιν | et envoie-le
φέρεσθαι ἅμα | *pour* être porté en-même-temps
πομποῖσι κραιπνοῖσιν, | par des conducteurs rapides,
Ὕπνῳ καὶ Θανάτῳ διδυμάοσιν, | le Sommeil et la Mort jumeaux,
οἵ ῥα θήσουσί μιν ὦκα | lesquels placeront lui aussitôt
ἐν δήμῳ πίονι | dans le peuple riche
Λυκίης εὐρείης· | de la Lycie vaste;
ἔνθα κασίγνητοί τε ἔται τε | là et *ses* frères et *ses* amis
ταρχύσουσίν ἑ | enseveliront lui
τύμβῳ τε στήλῃ τε· | avec un tombeau et un cippe;
τὸ γὰρ γέρας ἐστὶ | car cette récompense est
θανόντων. » | *celle* de *ceux* étant morts. »
Ἔφατο ὥς· Ἀπόλλων δὲ ἄρα | Il dit ainsi; et Apollon donc
οὐκ ἀνηκούστησε πατρός. | ne fut-*pas*-sans-écouter *son* père.
Βῆ δὲ κατὰ ὀρέων Ἰδαίων | Or il alla des monts Idéens
ἐς φύλοπιν αἰνήν· | vers la mêlée terrible;
αὐτίκα δὲ ἀείρας ἐκ βελέων | et aussitôt ayant enlevé des traits
Σαρπηδόνα δῖον, | Sarpédon divin,

πολλὸν ἀποπρὸ φέρων, λοῦσεν ποταμοῖο ῥοῇσι,

χρῖσέν τ᾽ ἀμβροσίῃ, περὶ δ᾽ ἄμβροτα εἵματα ἕσσε·   880

πέμπε δέ μιν πομποῖσιν ἅμα κραιπνοῖσι φέρεσθαι,

Ὕπνῳ καὶ Θανάτῳ διδυμάοσιν, οἵ ῥά μιν ὦκα

κάτθεσαν ἐν Λυκίης εὐρείης πίονι δήμῳ.

Πάτροκλος δ᾽ ἵπποισι καὶ Αὐτομέδοντι κελεύσας,

Τρῶας καὶ Λυκίους μετεκίαθε, καὶ μέγ᾽ ἀάσθη,   685

νήπιος! Εἰ δὲ ἔπος Πηληϊάδαο φύλαξεν,

ἦ τ᾽ ἂν ὑπέκφυγε Κῆρα κακὴν μέλανος θανάτοιο[1].

Ἀλλ᾽ αἰεί τε Διὸς κρείσσων νόος ἠέπερ ἀνδρῶν·

[ὅστε καὶ ἄλκιμον ἄνδρα φοβεῖ, καὶ ἀφειλέτο νίκην

ῥηϊδίως, ὅτε δ᾽ αὐτὸς ἐποτρύνῃσι μάχεσθαι·]   590

ὅς οἱ καὶ τότε θυμὸν ἐνὶ στήθεσσιν ἀνῆκεν.

Ἔνθα τίνα πρῶτον, τίνα δ᾽ ὕστατον ἐξενάριξας,

Πατρόκλεις, ὅτε δή σε θεοὶ θάνατόνδε κάλεσσαν;

traits le divin Sarpédon, l'emporte et le plonge dans le courant d'un fleuve; puis il le parfume d'ambroisie, le couvre de vêtements immortels, et le confie à deux rapides conducteurs, le Sommeil et la Mort, qui le déposent dans la vaste et fertile Lycie.

Patrocle excite Automédon et ses coursiers, poursuit les Troyens et les Lyciens, et s'attire un grand malheur. L'insensé! S'il eût obéi aux ordres du fils de Pélée, il eût échappé à la Parque funeste, à la sombre mort. Mais la volonté de Jupiter est toujours plus puissante que celle des hommes. Jupiter met en fuite un vaillant guerrier et lui ravit aisément la victoire, même lorsqu'il l'a poussé au combat. C'est ce dieu qui anime alors le cœur de Patrocle.

Quel fut le premier, quel fut le dernier que tu immolas, Patrocle, lorsque les dieux eurent décrété ta mort?

φέρων πολλὸν ἀποπρὸ,	*le* portant bien loin,
λοῦσε	Il *le* lava
ῥοῇσι ποταμοῖο,	par les courants d'un fleuve,
χρῖσέ τε ἀμβροσίῃ,	et il *l'*oignit d'ambroisie,
περίεσσε δὲ	et il revétit-autour *de lui*
εἵματα ἄμβροτα	des vétements immortels;
πέμπε δέ μιν	et il envoyait lui
φέρεσθαι ἅμα	*pour* être porté en-même-temps
πομποῖσι κραιπνοῖσιν,	par des conducteurs rapides,
Ὕπνῳ καὶ Θανάτῳ διδυμάοσιν,	le Sommeil et la Mort jumeaux,
οἵ ῥα κάτθεσάν μιν ὦκα	lesquels déposèrent lui aussitôt
ἐν δήμῳ πίονι	dans le peuple riche
Λυκίης εὐρείης.	de la Lycie vaste.
Πάτροκλος δὲ κελεύσας	Or Patrocle ayant exhorté
ἵπποισι καὶ Αὐτομέδοντι,	les chevaux et Automédon,
μετεκίαθε	poursuivait
Τρῶας καὶ Λυκίους,	les Troyens et les Lyciens,
καὶ ἀάσθη μέγα,	et il fut endommagé grandement,
νήπιος !	insensé !
Εἰ δὲ φύλαξεν	Mais s'il eût observé
ἔπος Πηληϊάδαο,	la parole du fils-de-Pélée,
ἦ τε ἂν ὑπέκφυγε	certes il aurait échappé
Κῆρα κακὴν	à la Parque mauvaise
θανάτοιο μέλανος.	de la mort noire.
Ἀλλὰ νόος τε Διὸς	Mais l'esprit de Jupiter
αἰεὶ κρείσσων	*est* toujours plus puissant
ἠέπερ ἀνδρῶν·	que *celui* des hommes;
[ὅστε καὶ φοβεῖ	[lequel *dieu* et effraye
ἄνδρα ἄλκιμον,	un homme courageux,
καὶ ἀφείλετο ῥηϊδίως	et *lui* a enlevé facilement
νίκην,	la victoire,
ὅτε δὲ αὐτὸς	lorsque lui-même
ἐποτρύνῃσι μάχεσθαι·]	*l'*aura excité à combattre;]
ὃς τότε καὶ ἀνῆκε	lequel alors même anima
θυμόν οἱ ἐνὶ στήθεσσιν.	le cœur à lui dans *sa* poitrine.
Ἔνθα τίνα πρῶτον,	Alors quel *homme* le premier,
τίνα δὲ ὕστατον ἐξενάριξας,	et quel *homme* le dernier tuas-tu,
Πατρόκλεις,	Patrocle,
ὅτε δὴ θεοὶ	lorsque déjà les dieux
κάλεσσαν σε θανατόνδε;	eurent appelé toi à-la-mort?

Ἄδρηστον μὲν πρῶτα καὶ Αὐτόνοον καὶ Ἔχεκλον,
καὶ Πέριμον Μεγάδην καὶ Ἐπίστορα καὶ Μελάνιππον,   695
αὐτὰρ ἔπειτ' Ἔλασον καὶ Μούλιον ἠδὲ Πυλάρτην·
τοὺς ἕλεν· οἱ δ' ἄλλοι φύγαδε μνώοντο ἕκαστος.

Ἔνθα κεν ὑψίπυλον Τροίην ἕλον υἷες Ἀχαιῶν,
Πατρόκλου ὑπὸ χερσί (περὶ πρὸ γὰρ ἔγχεϊ θῦεν),
εἰ μὴ Ἀπόλλων Φοῖβος ἐϋδμήτου ἐπὶ πύργου   700
ἔστη, τῷ ὀλοὰ φρονέων, Τρώεσσι δ' ἀρήγων.
Τρὶς μὲν ἐπ' ἀγκῶνος βῆ τείχεος ὑψηλοῖο
Πάτροκλος, τρὶς δ' αὐτὸν ἀπεστυφέλιξεν Ἀπόλλων,
χείρεσσ' ἀθανάτῃσι φαεινὴν ἀσπίδα νύσσων.
Ἀλλ' ὅτε δὴ τὸ τέταρτον ἐπέσσυτο, δαίμονι ἶσος,   705
δεινὰ δ' ὁμοκλήσας ἔπεα πτερόεντα προσηύδα·

« Χάζεο, Διογενὲς Πατρόκλεις· οὔ νύ τοι αἶσα
σῷ ὑπὸ δουρὶ πόλιν πέρθαι Τρώων ἀγερώχων,

Ce fut d'abord Adraste, puis vinrent Antinoüs, Échéclus, Périme fils de Mégas, Épistor et Mélanippe, Élasus, Mulius et Pylarte; il immola tous ces guerriers, et les autres prirent la fuite.

Alors les fils des Achéens se seraient emparés de Troie aux superbes murailles, grâce à la valeur de Patrocle, qui exerçait sa fureur la lance à la main, si le brillant Apollon ne se fût placé sur la haute tour, méditant sa perte et protégeant les Troyens. Trois fois Patrocle s'élance jusqu'à l'angle de la muraille élevée, et trois fois Apollon le repousse avec violence en frappant de ses mains immortelles le splendide bouclier de Patrocle. Mais lorsque, semblable à un dieu, il se précipite une quatrième fois, Apollon, d'une voix redoutable, lui adresse ces paroles qui volent rapides :

« Retire-toi, Patrocle, noble descendant de Jupiter, car le destin n'a réservé la destruction de la ville des magnanimes Troyens ni à la

Πρῶτα μὲν	D'abord à la vérité *il tua*
Ἄδρηστον καὶ Αὐτόνοον	Adreste et Autonoüs
καὶ Ἔχεκλον,	et Échéclus,
καὶ Πέριμον Μεγάδην	et Périme fils-de-Mégas
καὶ Ἐπίστορα καὶ Μελάνιππον,	et Épistor et Mélanippe
αὐτὰρ ἔπειτα Ἔλασον	et ensuite Élasus
καὶ Μούλιον ἠδὲ Πυλάρτην·	et Mulius et Pylarte ;
ἕλε τούς·	il tua ceux-ci ;
οἱ δὲ ἄλλοι	et les autres
μνώοντο ἕκαστος	se souvinrent chacun
φύγαδε.	*de se mettre* en-fuite.
Ἔνθα υἷες Ἀχαιῶν	Alors les fils des Achéens
ἕλον κε	auraient pris
Τροίην ὑψίπυλον,	Troie aux-portes-élevées,
ὑπὸ χερσὶ Πατρόκλου	sous les mains de Patrocle
(θῦε γὰρ ἔγχεϊ	(car il s'emportait avec la lance
περὶ πρό),	excessivement),
εἰ Φοῖβος Ἀπόλλων μὴ ἔστη	si Phébus Apollon ne s'était tenu
ἐπὶ πύργου εὐδμήτου,	sur la tour bien-bâtie,
φρονέων τῷ	méditant pour lui
ὀλοά,	des choses-funestes,
ἀρήγων δὲ Τρώεσσι.	et secourant les Troyens.
Τρὶς μὲν Πάτροκλος	Trois-fois à la vérité Patrocle
βῆ ἐπὶ ἀγκῶνος	alla sur l'angle-saillant
τείχεος ὑψηλοῖο,	de la muraille élevée,
τρὶς δὲ Ἀπόλλων	et trois-fois Apollon
αὐτὸν ἀπεστυφέλιξε,	le repoussa-avec-violence,
νύσσων χείρεσσιν ἀθανάτῃσιν	frappant de *ses* mains immortelles
ἀσπίδα φαεινήν.	*son* bouclier brillant.
Ἀλλὰ ὅτε δὴ ἐπέσσυτο	Mais lorsque certes il s'élança
τὸ τέταρτον,	pour-la-quatrième-fois,
ἶσος δαίμονι,	pareil à un dieu,
προσηύδα δὲ	alors *Apollon* dit-à lui
ἔπεα πτερόεντα	*ces* paroles ailées
ὁμοκλήσας δεινά·	ayant crié terriblement :
« Χάζεο,	« Retire-toi,
Πατρόκλεις Διογενές·	Patrocle issu-de-Jupiter ;
αἶσα οὐ νύ τοι	le destin n'*est* pas en effet à toi
πόλιν Τρώων ἀγερώχων	la ville des Troyens magnanimes
πέρθαι ὑπὸ σῷ δουρί,	être détruite par ta lance,

οὐδ' ὑπ' Ἀχιλλῆος, ὅσπερ σέο πολλὸν ἀμείνων. »

  Ὣς φάτο· Πάτροκλος δ' ἀνεχάζετο πολλὸν ὀπίσσω,   710
μῆνιν ἀλευάμενος ἑκατηβόλου Ἀπόλλωνος.

  Ἕκτωρ δ' ἐν Σκαιῇσι πύλῃς ἔχε μώνυχας ἵππους·
δίζε γὰρ ἠὲ μάχοιτο, κατὰ κλόνον αὖτις ἐλάσσας,
ἦ λαοὺς ἐς τεῖχος ὁμοκλήσειεν ἀλῆναι.
Ταῦτ' ἄρα οἱ φρονέοντι παρίστατο Φοῖβος Ἀπόλλων,   715
ἀνέρι εἰσάμενος αἰζηῷ τε κρατερῷ τε,
Ἀσίῳ, ὃς μήτρως ἦν Ἕκτορος ἱπποδάμοιο,
αὐτοκασίγνητος Ἑκάβης, υἱὸς δὲ Δύμαντος,
ὃς Φρυγίῃ ναίεσκε ῥοῇς ἔπι Σαγγαρίοιο·
τῷ μιν ἐεισάμενος προσέφη Διὸς υἱὸς Ἀπόλλων·   720

  « Ἕκτορ, τίπτε μάχης ἀποπαύεαι; Οὐδέ τί σε χρή
Αἴθ' ὅσον ἥσσων εἰμὶ, τόσον σέο φέρτερος εἴην!
Τῷ κε τάχα στυγερῶς πολέμου ἀπερωήσειας.
Ἀλλ' ἄγε, Πατρόκλῳ ἔφεπε κρατερώνυχας ἵππους,

lance, ni même à celle d'Achille, qui cependant est bien plus brave
que toi. »

  Il dit, et Patrocle s'éloigne pour se soustraire au courroux d'Apollon qui lance au loin les traits.

  Hector retient ses coursiers au dur sabot près de la porte Scée; il
se demande s'il doit combattre en le poussant dans la mélée, ou s'il
doit exhorter les Troyens à se réunir auprès de la muraille. Au moment où il roule ces pensées dans son esprit, le brillant Apollon se
présente à lui sous la forme d'un guerrier jeune et courageux, d'Asius,
qui était l'oncle maternel d'Hector dompteur de coursiers, le frère
d'Hécube, le fils de Dymas, et qui demeurait dans la Phrygie, près
des rives du Sangarius. Sous ces traits, Apollon fils de Jupiter
s'adresse à Hector :

  « Hector, pourquoi cesser le combat? Tu ne dois pas agir ainsi.
Ah! si je l'emportais sur toi autant que je te suis inférieur, tu quitterais bientôt le champ de bataille, mais d'une triste façon. Allons,

οὐδὲ ὑπὸ Ἀχιλλῆος,	ni par Achille,
ὅσπερ πολλὸν	lequel *est* de beaucoup
ἀμείνων σέο. »	meilleur que toi. »
Φάτο ὥς·	Il dit ainsi;
Πάτροκλος δὲ ἀνεχάζετο	et Patrocle se retirait
πολλὸν ὀπίσσω,	beaucoup en arrière,
ἀλευάμενος μῆνιν Ἀπόλλωνος	évitant la colère d'Apollon
ἑκατηβόλου.	qui-lance-au-loin-les-traits
Ἕκτωρ δὲ ἔχεν	Or Hector tenait
ἐν πύλῃς Σκαιῇσιν	aux portes Scées
ἵππους μώνυχας·	*ses* chevaux solipèdes;
δίζε γὰρ ἠὲ μάχοιτο,	car il doutait ou-s'il combattrait
ἐλάσσας αὖτις	*les* ayant poussés de nouveau
κατὰ κλόνον,	à travers le tumulte,
ἢ ὁμοκλήσειε λαοὺς	ou-s'il exhorterait les peuples
ἀλῆναι ἐς τεῖχος.	à se réunir auprès du mur.
Φοῖβος Ἀπόλλων ἄρα παρίστατό	Phébus Apollon donc se présenta
οἱ φρονέοντι ταῦτα,	à lui pensant ces choses,
εἰσάμενος ἀνέρι	s'étant assimilé à un homme
αἰζηῷ τε κρατερῷ τε,	et jeune et courageux,
Ἀσίῳ,	à Asius,
ὃς ἦν μήτρως	lequel était oncle-maternel
Ἕκτορος ἱπποδάμοιο,	d'Hector dompteur-de-chevaux,
αὐτοκασίγνητος Ἑκάβης,	frère d'Hécube,
υἱὸς δὲ Δύμαντος.	et fils de Dymas,
ὃς ναίεσκε Φρυγίῃ	lequel habitait en Phrygie
ἐπὶ ῥοῇς Σαγγαρίοιο·	auprès des courants du Sangarius;
ἐεισάμενος τῷ	s'étant assimilé à celui-ci
Ἀπόλλων υἱὸς Διὸς	Apollon fils de Jupiter
προσέφη μιν·	dit-à lui :
« Ἕκτορ, τίπτε	« Hector, pourquoi
ἀποπαύεαι μάχης;	cesses-tu le combat?
Οὔτι δὲ χρή σε.	Et il ne faut nullement toi *cesser*.
Αἴθε εἴην φέρτερος σέο	Ah!-si j'étais plus fort que toi
τόσον ὅσον εἰμὶ ἥσσων!	autant que je suis inférieur!
Τῷ τάχα	Alors aussitôt
ἀπερωήσειάς κε πολέμου	tu te retirerais du combat
στυγερῶς.	d'une-manière-triste.
Ἀλλὰ ἄγε, ἔφεπε Πατρόκλῳ	Mais allons, lance-contre Patrocle
ἵππους κρατερώνυχας,	*tes* chevaux au-dur-sabot

αἴ κέν πώς μιν ἕλῃς, δώῃ δέ τοι εὖχος Ἀπόλλων. »   725

Ὣς εἰπὼν, ὁ μὲν αὖτις ἔβη θεὸς ἂμ. πόνον ἀνδρῶν.

Κεβριόνῃ δ' ἐκέλευσε δαΐφρονι φαίδιμος Ἕκτωρ

ἵππους ἐς πόλεμον πεπληγέμεν. Αὐτὰρ Ἀπόλλων

δύσεθ' ὅμιλον ἰὼν, ἐν δὲ κλόνον Ἀργείοισιν

ἧκε κακόν· Τρωσὶν δὲ καὶ Ἕκτορι κῦδος ὄπαζεν.   730

Ἕκτωρ δ' ἄλλους μὲν Δαναοὺς ἔα, οὐδ' ἐνάριζεν·

αὐτὰρ ὁ Πατρόκλῳ ἔφεπε κρατερώνυχας ἵππους.

Πάτροκλος δ' ἑτέρωθεν ἀφ' ἵππων ἆλτο χαμᾶζε,

σκαιῇ ἔγχος ἔχων, ἑτέρηφι δὲ λάζετο πέτρον

μάρμαρον, ὀκριόεντα, τόν οἱ περὶ χεὶρ ἐκάλυψεν,   735

ἧκε δ' ἐρεισάμενος· οὐδὲ δὴν χάζετο φωτός,

οὐδ' ἁλίωσε βέλος· βάλε δ' Ἕκτορος ἡνιοχῆα,

lance contre Patrocle les chevaux au dur sabot; peut-être tu pourras l'immoler, peut-être Apollon te comblera de gloire. »

Après avoir ainsi parlé, le dieu retourne au milieu des combattants. Le brillant Hector ordonne au belliqueux Cébrion de pousser ses coursiers sur le champ de bataille. Apollon se mêle à la foule, jette parmi les Grecs un trouble funeste, et donne la gloire aux Troyens et à Hector. Hector laisse tous les autres Grecs sans les immoler; c'est contre Patrocle qu'il dirige ses coursiers au dur sabot. Patrocle de son côté saute à terre de ses chevaux, tenant une lance dans la main gauche; de la main droite, il saisit une pierre blanche et raboteuse; il la lance avec effort; la pierre ne passe pas loin du héros et ne vole pas inutile, car cette pierre aiguë va frapper au front l'écuyer d'Hec-

αἴ πώς	*pour voir* si de-quelque-manière
κεν ἕλῃς μιν,	tu pourras-prendre lui,
Ἀπόλλων δὲ	et *si* Apollon
ὀφῇ	aura donné (donnera)
εὖχός τοι. »	la gloire à toi. »
Εἰπὼν ὣς,	Ayant dit ainsi,
ὁ θεὸς μὲν	le dieu à la vérité
ἔβη αὖτις	alla de nouveau
ἀμ πόνον ἀνδρῶν.	à travers le combat des hommes.
Ἕκτωρ δὲ φαίδιμος	Et Hector brillant
ἐκέλευσε Κεβριόνῃ δαΐφρονι	ordonna à Cébrion belliqueux
πεπληγέμεν ἵππους	de pousser-en-frappant *ses* chevaux
ἐς πόλεμον.	dans le combat.
Αὐτὰρ Ἀπόλλων ἰὼν	Mais Apollon étant allé
δύσετο ὅμιλον,	pénétra dans la foule,
ἐνῆκε δὲ Ἀργείοισι	et jeta-parmi les Argiens
κλόνον κακόν·	un tumulte mauvais;
ὅπαζε δὲ κῦδος	et il offrait la gloire
Τρωσὶ καὶ Ἕκτορι.	aux Troyens et à Hector.
Ἕκτωρ δὲ μὲν	Or Hector à la vérité
ἔα ἄλλους Δαναοὺς,	laissait les autres Grecs,
οὐδὲ ἐνάριζεν·	et ne *les* tuait pas;
αὐτὰρ ὁ	mais celui-ci
ἔφεπε Πατρόκλῳ	poussait-contre Patrocle
ἵππους κρατερώνυχας.	*ses* chevaux au-dur-sabot.
Πάτροκλος δὲ ἑτέρωθεν	Et Patrocle d'un-autre-côté
ἆλτο ἀπὸ ἵππων χαμᾶζε,	sauta de *ses* chevaux à terre,
ἔχων ἔγχος	ayant une lance
σκαιῇ,	dans *sa main* gauche,
λάζετο δὲ ἑτέρῃφι	et il saisissait de l'autre
πέτρον μάρμαρον,	une pierre blanche,
ὀκριόεντα,	raboteuse,
τὸν χείρ οἱ	laquelle la main à lui
περιεκάλυψεν,	couvrit-tout-autour,
ἧκε δὲ ἐρεισάμενος·	et il *la* lança s'étant affermi;
οὐδὲ χάζετο	et *la pierre* ne resta-pas-éloignée
δὴν φωτὸς,	longtemps de l'homme,
οὐδὲ ἁλίωσε βέλος·	et il ne lança-pas-en-vain un trait;
βάλε δὲ μετώπιον	car il frappa au front
λᾶϊ ὀξέϊ	avec la pierre aiguë

Κεβριόνην, νόθον υἱὸν ἀγακλῆος Πριάμοιο,
ἵππων ἡνί᾽ ἔχοντα, μετώπιον ὀξέι λᾶι.
Ἀμφοτέρας δ᾽ ὀφρῦς σύνελεν λίθος, οὐδέ οἱ ἔσχεν   740
ὀστέον· ὀφθαλμοὶ δὲ χαμαὶ πέσον ἐν κονίῃσιν,
αὐτοῦ πρόσθε ποδῶν· ὁ δ᾽ ἄρ᾽, ἀρνευτῆρι ἐοικὼς,
κάππεσ᾽ ἀπ᾽ εὐεργέος δίφρου· λίπε δ᾽ ὀστέα θυμός.
Τὸν δ᾽ ἐπικερτομέων προσέφης, Πατρόκλεις ἱππεῦ·

   « Ὢ πόποι, ἦ μάλ᾽ ἐλαφρὸς ἀνήρ· ὡς ῥεῖα κυβιστᾷ᾽   745
Εἰ δή που καὶ πόντῳ ἐν ἰχθυόεντι γένοιτο,
πολλοὺς ἂν κορέσειεν ἀνὴρ ὅδε, τήθεα διφῶν,
νηὸς ἀποθρώσκων, εἰ καὶ δυσπέμφελος εἴη·
ὡς νῦν ἐν πεδίῳ ἐξ ἵππων ῥεῖα κυβιστᾷ!
Ἦ ῥα καὶ ἐν Τρώεσσι κυβιστητῆρες ἔασιν! »   750

   Ὣς εἰπὼν, ἐπὶ Κεβριόνῃ ἥρωϊ βεβήκει,
οἷμα λέοντος ἔχων, ὅστε σταθμοὺς κεραΐζων
ἔβλητο πρὸς στῆθος, ἑή τέ μιν ὤλεσεν ἀλκή·
ὡς ἐπὶ Κεβριόνῃ, Πατρόκλεις, ἆλσο μεμαώς.

tor, le fils illégitime de l'illustre Priam, Cébrion, qui tenait les rênes des chevaux. Le coup lui enlève les deux sourcils, et l'os ne résiste point ; ses yeux tombent à ses pieds dans la poussière, et le Troyen, semblable à un plongeur, tombe du siége magnifique, et la vie abandonne ses membres. Alors, noble Patrocle, tu lui adressas ces paroles amères :

« Grands dieux ! Quel homme agile ! Comme il saute avec prestesse ! S'il était sur la mer poissonneuse, il pourrait rassasier une foule de convives en sautant de son vaisseau et en cherchant des huîtres, même pendant la tempête. Comme il saute avec prestesse dans la plaine du haut de son char ! Il y a donc aussi des plongeurs parmi les Troyens ? »

Il dit et se précipite sur le vaillant Cébrion avec l'impétuosité d'un lion qui, dévastant une étable, a reçu une blessure dans la poitrine, et périt victime de son propre courage : de même, Patrocle, tu t'élanças avec ardeur sur Cébrion. Hector à son tour saute à terre du

Κεβριόνην, ἡνιοχῆα Ἕκτορος,	Cébrion, écuyer d'Hector,
υἱὸν νόθον Πριάμοιο ἀγακλῆος,	fils illégitime de Priam illustre,
ἔχοντα ἡνία ἵππων.	ayant les rênes des chevaux.
Λίθος δὲ σύνελεν	Or la pierre *lui* enleva
ἀμφοτέρας ὀφρῦς,	les deux sourcils,
ὀστέον δέ οἱ οὐκ ἔσχεν·	et l'os à lui ne résista pas ;
ὀφθαλμοὶ δὲ πέσον χαμαὶ	et *ses* yeux tombèrent à terre
ἐν κονίῃσι,	dans la poussière,
πρόσθε ποδῶν αὐτοῦ·	devant les pieds de lui ;
ὁ δὲ ἄρα,	et celui-ci donc,
ἐοικὼς ἀρνευτῆρι,	ressemblant à un plongeur,
κάππεσεν ἀπὸ δίφρου εὐεργέος·	tomba du siége bien-travaillé ;
θυμὸς δὲ	et le souffle-vital
λίπεν ὀστέα.	abandonna *ses* os.
Πατρόκλεις δὲ ἱππεῦ,	Or Patrocle cavalier,
προσέφης τὸν ἐπικερτομέων·	tu dis-à lui en *le* gourmandant :
« Ὦ πόποι,	« O grands-dieux,
ἦ ἀνὴρ μάλα ἐλαφρός·	certes *cet* homme *est* très-léger ;
ὡς κυβιστᾷ	comme il tombe-sur-la-téte
ῥεῖα !	facilement !
Εἰ δή που γένοιτο καὶ	Si certes il était aussi
ἐν πόντῳ ἰχθυόεντι,	sur la mer poissonneuse,
ὅδε ἀνὴρ ἂν κορέσειε	cet homme rassasierait
πολλούς,	beaucoup *de convives*,
διφῶν τήθεα,	cherchant des huîtres,
ἀποθρώσκων νηός,	sautant de *son* vaisseau,
εἰ καὶ εἴη δυσπέμφελος·	quand même *la mer* serait orageuse ;
ὡς νῦν	comme maintenant
κυβιστᾷ ῥεῖα	il tombe-sur-la-téte facilement
ἐξ ἵππων ἐν πεδίῳ !	de *ses* chevaux dans la plaine !
Ἦ ῥα καὶ κυβιστητῆρες	Certes donc aussi des plongeurs
ἔασιν ἐν Τρώεσσιν ! »	sont parmi les Troyens ! »
Εἰπὼν ὥς,	Ayant dit ainsi,
βεβήκει ἐπὶ Κεβριόνῃ ἥρωΐ,	il marcha vers Cébrion héros,
ἔχων οἶμα λέοντος,	ayant l'impétuosité d'un lion,
ὅστε κεραΐζων σταθμοὺς	lequel dévastant les étables
ἐβλήτο πρὸς στῆθος,	a été frappé à la poitrine,
ἑή τε ἀλκή ὤλεσέ μιν·	et son courage a perdu lui :
ὡς μεμαώς, Πατρόκλεις,	ainsi plein-d'ardeur, Patrocle,
ἆλσο ἐπὶ Κεβριόνῃ.	tu te précipitas contre Cébrion.

Ἕκτωρ δ᾽ αὖθ᾽ ἑτέρωθεν ἀφ᾽ ἵππων ἆλτο χαμᾶζε.   755

Τὼ περὶ Κεβριόναο, λέονθ᾽ ὣς, δηρινθήτην,

ὥτ᾽ ὄρεος κορυφῇσι περὶ κταμένης ἐλάφοιο,

ἄμφω πεινάοντε, μέγα φρονέοντε μάχεσθον·

ὣς περὶ Κεβριόναο δύω μήστωρες ἀϋτῆς,

Πάτροκλός τε Μενοιτιάδης καὶ φαίδιμος Ἕκτωρ,   760

ἵεντ᾽ ἀλλήλων ταμέειν χρόα νηλέϊ χαλκῷ.

Ἕκτωρ μὲν κεφαλῆφιν ἐπεὶ λάβεν, οὐχὶ μεθίει·

Πάτροκλος δ᾽ ἑτέρωθεν ἔχεν ποδός· οἱ δὲ δὴ ἄλλοι

Τρῶες καὶ Δαναοὶ σύναγον κρατερὴν ὑσμίνην.

   Ὡς δ᾽ Εὖρός τε[1] Νότος τ᾽ ἐριδαίνετον ἀλλήλοιϊν   765

οὔρεος ἐν βήσσῃς, βαθέην πελεμιζέμεν ὕλην,

φηγόν τε, μελίην τε, τανύφλοιόν τε κράνειαν,

αἵτε πρὸς ἀλλήλας ἔβαλον τανυήκεας ὄζους

ἠχῇ θεσπεσίῃ, πάταγος δέ τε ἀγνυμενάων·

ὣς Τρῶες καὶ Ἀχαιοὶ ἐπ᾽ ἀλλήλοισι θορόντες   770

haut de son char. Ces deux héros luttent autour du cadavre, comme
deux lions affamés qui, sur les sommets d'une montagne, se dispu-
tent avec un égal acharnement les lambeaux d'une biche qu'ils ont
tuée : tels ces deux intrépides guerriers, Patrocle, fils de Ménétius,
et le brillant Hector, brûlent de se déchirer avec l'airain cruel. Hector
prend Cébrion par la tête et ne lâche point prise; Patrocle le saisit
par les pieds; les Troyens et les Grecs engagent alors un affreux
combat.

   De même que l'Eurus et le Notus luttent dans les halliers des montagnes, et ébranlent dans les profondeurs de la forêt le hêtre, le
frêne, le cornouiller à la longue écorce, dont les énormes branches
se heurtent et se brisent avec un fracas épouvantable : de même les
Troyens et les Grecs s'élancent les uns sur les autres et s'entr'égor-

Αὖτε δὲ ἑτέρωθεν	Et à-son-tour d'un-autre-côté
Ἕκτωρ ἆλτο χαμᾶζε	Hector sauta à terre
ἀπὸ ἵππων.	de *ses* chevaux (de son char).
Τὼ δηρινθήτην	Ces-deux *guerriers* combattirent
περὶ Κεβριόναο,	pour Cébrion,
ὡς λέοντε,	comme deux-lions,
ὥτε πεινάοντε ἄμφω	lesquels ayant-faim tous-deux
μάχεσθον	combattent
περὶ ἐλάφοιο κταμένης	pour une biche tuée
κορυφῇσιν ὄρεος,	sur les sommets d'une montagne,
φρονέοντε μέγα·	ayant-du-cœur grandement :
ὡς δύω μήστωρες ἀϋτῆς	ainsi les deux auteurs du combat
περὶ Κεβριόναο,	pour Cébrion,
Πάτροκλός τε Μενοιτιάδης	et Patrocle fils-de-Ménétius
καὶ Ἕκτωρ φαίδιμος,	et Hector brillant,
ἵεντο ταμέειν	désiraient couper (déchirer)
χρόα ἀλλήλων	le corps l'un de l'autre
χαλκῷ νηλέϊ.	par l'airain cruel.
Ἕκτωρ μὲν	Hector à la vérité
ἐπεὶ λάβε κεφαλῆφιν,	lorsqu'il *l*'eut pris par la tête,
οὐχὶ μεθίει·	ne *le* lâchait pas;
Πάτροκλος δὲ ἑτέρωθεν	et Patrocle d'un-autre-côté
ἔχε ποδός·	*le* tenait *par* un pied;
οἱ δὲ δὴ ἄλλοι	et déjà les autres
Τρῶες καὶ Δαναοὶ	Troyens et Grecs
σύναγον ὑσμίνην κρατερήν.	engageaient une mêlée terrible.
Ὡς δὲ	Or comme
Εὖρός τε Νότος τε	et l'Eurus et le Notus
ἐριδαίνετον ἀλλήλοιϊν	luttent l'un-contre-l'autre
ἐν βήσσῃς οὔρεος,	dans les halliers d'une montagne,
πελεμιζέμεν ὕλην βαθέην,	*pour* ébranler la forêt profonde,
φηγόν τε, μελίην τε,	et le hêtre, et le frêne,
κράνειάν τε τανύφλοιον,	et le cornouiller à-l'écorce-allongée,
αἵτε ἔβαλον	lesquels ont frappé
πρὸς ἀλλήλας	l'un contre l'autre
ἠχῇ θεσπεσίῃ	avec un bruit étonnant
ὄζους τανυήκεας,	*leurs* branches longues,
πάταγος δέ τε ἀγνυμενάων·	et le fracas d'*eux* brisés *s'élève :*
ὡς Τρῶες καὶ Ἀχαιοὶ	ainsi les Troyens et les Achéens
θορόντες ἐπ' ἀλλήλοισι·	s'élançant les uns sur les autres

δήουν, οὐδ' ἕτεροι μνώοντ' ὀλοοῖο φόβοιο.

Πολλὰ δὲ Κεβριόνην ἀμφ' ὀξέα δοῦρ' ἐπεπήγει,

ἰοί τε πτερόεντες ἀπὸ νευρῆφι θορόντες·

πολλὰ δὲ χερμάδια μεγάλ' ἀσπίδας ἐστυφέλιξε

μαρναμένων ἀμφ' αὐτόν· ὁ δ' ἐν στροφάλιγγι κονίης   775

κεῖτο μέγας μεγαλωστί, λελασμένος ἱπποσυνάων[1].

   Ὄφρα μὲν Ἥλιος μέσον οὐρανὸν ἀμφιβεβήκει,

τόφρα μάλ' ἀμφοτέρων βέλε' ἥπτετο, πῖπτε δὲ λαός·

ἦμος δ' Ἥλιος μετενίσσετο βουλυτόνδε[2],

καὶ τότε δή ῥ' ὑπὲρ αἶσαν Ἀχαιοὶ φέρτεροι ἦσαν.   780

Ἐκ μὲν Κεβριόνην βελέων ἥρωα ἔρυσσον

Τρώων ἐξ ἐνοπῆς, καὶ ἀπ' ὤμων τεύχε' ἕλοντο.

   Πάτροκλος δὲ Τρωσὶ κακὰ φρονέων ἐνόρουσεν·

τρὶς μὲν ἔπειτ' ἐπόρουσε, θοῷ ἀτάλαντος Ἄρηϊ,

σμερδαλέα ἰάχων· τρὶς δ' ἐννέα φῶτας ἔπεφνεν.   785

---

gent, mais ne songent point à la fuite désastreuse. Autour de Cébrion, une grêle de traits aigus et de flèches rapides, lancées par la corde de l'arc, s'enfonce dans la terre, et d'énormes pierres brisent les casques des combattants : ce héros gît étendu dans un tourbillon de poussière, et de son vaste corps couvre un vaste espace ; il oublie à jamais l'art de diriger les chevaux.

Tant que le soleil brille au milieu du ciel, les traits frappent les deux armées et les combattants périssent ; mais lorsque le soleil est à son déclin, vers l'heure de la journée où l'on dételle les bœufs, les Achéens ont l'avantage, malgré la destinée. Ils emportent le vaillant Cébrion loin des traits, loin du tumulte des Troyens, et enlèvent ses armes de ses épaules.

Patrocle se précipite, méditant la perte des Troyens ; trois fois il s'élance, semblable à Mars rapide, en poussant des cris effroyables ;

δήουν,	*se* tuaient,
οὐδὲ ἕτεροι	et ni les uns ni les autres
μνώοντο	*ne* se souvenaient
φόβοιο ὀλοοῖο.	de l'épouvante funeste.
Δοῦρα δὲ ὀξέα πολλὰ	Or des traits aigus nombreux
ἰοί τε πτερόεντες·	et des flèches ailées
θορόντες ἀπὸ νευρῆφιν,	s'élançant des cordes,
ἐπεπήγει ἀμφὶ Κεβριόνην·	étaient enfoncées autour de Cébrion;
χερμάδια δὲ μεγάλα πολλὰ	et des pierres grandes nombreuses
ἐστυφέλιξεν ἀσπίδας	brisèrent les boucliers
μαρναμένων ἀμφὶ αὐτόν·	de *ceux* combattant autour de lui;
ὁ δὲ κεῖτο μέγας	et celui-ci gisait grand
μεγαλωστὶ	sur-un-grand-espace
ἐν στροφάλιγγι κονίης,	dans un tourbillon de poussière,
λελασμένος	ayant oublié
ἱπποσυνάων.	l'art-de-conduire-les-chevaux.
Ὄφρα μὲν Ἥλιος	Tant que à la vérité le Soleil
ἀμφιβεβήκει	avait fait-le-tour
μέσον οὐρανὸν,	du milieu du ciel,
τόφρα βέλεα	aussi-longtemps les traits
ἥπτετο μάλα	atteignaient fortement
ἀμφοτέρων,	les deux *armées*,
λαὸς δὲ πῖπτεν·	et le peuple tombait;
ἦμος δὲ Ἥλιος μετενίσσετο	mais lorsque le Soleil passait
βουλυτόνδε,	vers-le-détèlement-des-bœufs,
καὶ τότε δή ῥα Ἀχαιοὶ	alors déjà certes les Achéens
ἦσαν φέρτεροι	étaient supérieurs
ὑπὲρ αἶσαν.	contre la destinée.
Ἔρυσσον μὲν	Ils tiraient à la vérité
Κεβριόνην ἥρωα	Cébrion héros
ἐκ βελέων	hors des traits
ἐξ ἐνοπῆς Τρώων,	hors du tumulte des Troyens,
καὶ ἀφέλοντο τεύχεα	et ils enlevèrent les armes
ὤμων.	de *ses* épaules.
Πάτροκλος δὲ ἐνόρουσε	Or Patrocle s'élança
φρονέων κακὰ Τρωσί·	méditant des maux aux Troyens;
τρὶς μὲν ἔπειτα	trois-fois à la vérité ensuite
ἐπόρουσεν, ἀτάλαντος Ἄρηϊ θοῷ,	il s'élança, pareil à Mars rapide,
ἰάχων σμερδαλέα·	criant terriblement;
τρὶς δὲ ἔπεφνεν ἐννέα φῶτας.	et trois-fois il tua neuf hommes.

Ἀλλ’ ὅτε δὴ τὸ τέταρτον ἐπέσσυτο, δαίμονι ἶσος,

ἔνθ’ ἄρα τοι, Πάτροκλε, φάνη βιότοιο τελευτή.

Ἤντετο γάρ τοι Φοῖβος ἐνὶ κρατερῇ ὑσμίνη

δεινός· ὁ μὲν τὸν ἰόντα κατὰ κλόνον οὐκ ἐνόησεν·

ἠέρι γὰρ πολλῇ κεκαλυμμένος ἀντεβόλησε.   790

Στῆ δ’ ὄπιθε, πλῆξεν δὲ μετάφρενον εὐρέε τ’ ὤμω

χειρὶ καταπρηνεῖ· στρεφεδίνηθεν δέ οἱ ὄσσε.

Τοῦ δ’ ἀπὸ μὲν κρατὸς κυνέην βάλε Φοῖβος Ἀπόλλων·

ἡ δὲ κυλινδομένη καναχὴν ἔχε ποσσὶν ὑφ’ ἵππων

αὐλῶπις τρυφάλεια· μιάνθησαν δὲ ἔθειραι   795

αἵματι καὶ κονίῃσι. Πάρος γε μὲν οὐ θέμις ἦεν

ἱππόκομον πήληκα μιαίνεσθαι κονίῃσιν·

ἀλλ’ ἀνδρὸς θείοιο κάρη χαρίεν τε μέτωπον

ῥύετ’, Ἀχιλλῆος· τότε δὲ Ζεὺς Ἕκτορι δῶκεν

ᾗ κεφαλῇ φορέειν, σχεδόθεν δέ οἱ ἦεν ὄλεθρος.   800

trois fois il immole neuf guerriers. Enfin il s’élance une quatrième
fois, semblable à un dieu ; mais alors, ô Patrocle, on vit paraître le
terme de tes jours, car le terrible Phébus te rencontra au fort de cette
sanglante mêlée. Patrocle n’aperçoit point le dieu qui s’avance à travers la foule, car le dieu marche enveloppé d’un nuage épais. Il se
tient derrière Patrocle, et avec la paume de sa main il le frappe sur
son dos et sur ses larges épaules ; ses yeux sont troublés par le ver-
tige. Le brillant Apollon fait tomber le casque de la tête de Patrocle ; ce
casque à la haute aigrette roule avec fracas sous les pieds des chevaux,
et la crinière est souillée de sang et de poussière. Jamais ce casque
aux crins ondoyants n’avait été souillé par le sang et la poussière,
mais il couvrait la tête et le front majestueux du divin Achille. Alors
Jupiter le donne à Hector pour le porter, et déjà Hector touche à sa

Ἀλλὰ ὅτε δὴ ἐπεσσυτο   Mais lorsque certes il s'élança
τὸ τέταρτον,   pour-la-quatrième-fois,
ἴσος δαίμονι,   pareil à un dieu,
 νῦα ἄρα, Πάτροκλε,   alors donc, Patrocle,
τελευτὴ βιότοιο φάνη τοι.   la fin de la vie apparut pour toi.
Φοῖβος γὰρ δεινὸς   Car Phébus terrible
ἤντετό τοι   rencontrait toi
ἐνὶ ὑσμίνῃ κρατερῇ·   dans la mélée violente;
ὁ μὲν   celui-là à la vérité (Patrocle)
οὐκ ἐνόησε τὸν ἰόντα   n'aperçut pas lui étant venu
κατὰ κλόνον·   à travers le tumulte;
ἀντεβόλησε γὰρ   car il vint–à–sa–rencontre
κεκαλυμμένος ἠέρι πολλῇ.   étant couvert d'un nuage épais.
Στῆ δὲ ὄπιθε,   Or il se tint par-derrière,
πλῆξε δὲ μετάφρενον   et il *lui* frappa le dos
ὤμω τε εὐρέε   et les épaules larges
χειρὶ καταπρηνεῖ·   avec *sa* main penchée;
ὄσσε δὲ οἱ   et les yeux à lui
στρεφεδίνηθεν.   eurent-des-vertiges.
Φοῖβος δὲ Ἀπόλλων μὲν   Et Phébus Apollon à la vérité
βάλε κυνέην   fit-tomber le casque
ἀπὸ κρατὸς τοῦ·   de la tête de lui;
ἡ δὲ τρυφάλεια αὐλῶπις   et le casque à-haute-aigrette
κυλινδομένη   étant roulé
ἔχε καναχὴν   eut un retentissement
ὑπὸ ποσσὶν ἵππων·   sous les pieds des chevaux;
ἔθειραι δὲ μιάνθησαν   et la crinière fut souillée
αἵματι καὶ κονίῃσι.   de sang et de poussière.
Πάρος γε μὲν   Auparavant du moins à la vérité
οὐκ ἦε θέμις   il n'était pas permis
πήληκα ἱππόκομον   *ce* casque à-la-crinière-de-cheval
μιαίνεσθαι κονίῃσιν·   être souillé de poussière;
ἀλλὰ ῥύετο κάρη   mais il protégeait la tête
μέτωπόν τε χαρίεν   et le front gracieux
ἀνδρὸς θείοιο,   d'un homme divin,
Ἀχιλλῆος·   d'Achille;
τότε δὲ Ζεὺς   et alors Jupiter
δῶκεν Ἕκτορι   donna à Hector
φορέειν ᾗ κεφαλῇ·   de *le* porter sur sa tête:
ὄλεθρος δὲ ἦέν οἱ σχεδόθεν.   car la perte était à lui de près.

Πᾶν δέ οἱ ἐν χείρεσσιν ἄγη δολιχόσκιον ἔγχος,
βριθὺ, μέγα, στιβαρὸν, κεκορυθμένον· αὐτὰρ ἀπ' ὤμων
ἀσπὶς σὺν τελαμῶνι χαμαὶ πέσε τερμιόεσσα·
λῦσε δέ οἱ θώρηκα ἄναξ, Διὸς υἱὸς, Ἀπόλλων.
Τὸν δ' ἄτη φρένας εἷλε, λύθεν δ' ὑπὸ φαίδιμα γυῖα.   805
Στῆ δὲ ταφών· ὄπιθεν δὲ μετάφρενον ὀξέϊ δουρὶ
ὤμων μεσσηγὺς σχεδόθεν βάλε Δάρδανος ἀνὴρ [1],
Πανθοΐδης Εὔφορβος, ὃς ἡλικίην ἐκέκαστο
ἔγχεΐ θ' ἱπποσύνῃ τε, πόδεσσί τε καρπαλίμοισι·
καὶ γὰρ δή ποτε φῶτας ἐείκοσι βῆσεν ἀφ' ἵππων,   810
πρῶτ' ἐλθὼν σὺν ὄχεσφι, διδασκόμενος πολέμοιο,
ὅς τοι πρῶτος ἐφῆκε βέλος, Πατρόκλεις ἱππεῦ,
οὐδὲ δάμασσ'· ὁ μὲν αὖτις ἀνέδραμε, μίκτο δ' ὁμίλῳ,
ἐκ χροὸς ἁρπάξας δόρυ μείλινον· οὐδ' ὑπέμεινε
Πάτροκλον, γυμνόν περ ἐόντ', ἐν δηϊοτῆτι.   815

perte. La longue lance de Patrocle, cette arme pesante et terrible, garnie d'un airain redoutable, se brise entre ses mains; le bouclier, qui le couvre jusqu'aux pieds, tombe de ses épaules à terre avec le baudrier, et le souverain Apollon, fils de Jupiter, délie la cuirasse. La stupeur aveugle les esprits du héros; ses membres brillants s'affaissent. Patrocle s'arrête épouvanté : un guerrier Dardanien s'approche de lui par derrière, et de sa lance aiguë le frappe dans le dos au milieu des épaules. C'était le fils de Panthoüs, Euphorbe, qui surpassait tous ceux de son âge par son adresse à manier le javelot, à diriger des coursiers, et par son agilité à la course. Déjà, lorsque pour la première fois il vint avec son char s'exercer à la lutte, il renversa de leurs siéges vingt combattants. C'est lui qui le premier lança un javelot contre toi, noble Patrocle; mais il ne put te dompter. Euphorbe s'éloigne et va se mêler à la foule, après avoir arraché sa lance de frêne du corps de son ennemi; car il n'ose affronter Patrocle, quoique Patrocle soit sans défense. Le fils de Ménétius, dompté par

Πᾶν δὲ ἔγχος δολιχόσκιον,	Et toute la lance à-longue-ombre,
βριθὺ, μέγα, στιβαρὸν,	pesante, grande, solide,
κεκορυθμένον,	garnie *d'airain*,
ἄγη ἐν χείρεσσίν οἱ·	se brisa dans les mains à lui;
αὐτὰρ ἀσπὶς	et le bouclier
τερμιόεσσα	qui-descend-jusqu'aux-pieds
πέσεν ἀπὸ ὤμων χαμαὶ	tomba de *ses* épaules à terre
σὺν τελαμῶνι·	avec le baudrier;
Ἀπόλλων δὲ ἄναξ, υἱὸς Διὸς,	et Apollon roi, fils de Jupiter,
λῦσε θώρηκά οἱ.	délia la cuirasse à lui.
Ἄτη δὲ εἷλε τὸν	Et l'aveuglement s'empara de lui
φρένας,	*quant à ses* esprits,
γυῖα δὲ φαίδιμα	et *ses* membres brillants
ὑπόλυθεν.	furent déliés-en-dessous.
Στῆ δὲ ταφών·	Or il s'arrêta étonné;
ἀνὴρ δὲ Δάρδανος,	et un homme Dardanien,
Εὔφορβος Πανθοΐδης,	Euphorbe fils-de-Panthoüs,
βάλε σχεδόθεν ὄπιθε	frappa de près par-derrière
μετάφρενον μεσσηγὺς ὤμων	*son* dos au milieu des épaules
δουρὶ ὀξέϊ,	avec *sa* lance aiguë, [en-âge
ὃς ἐκέκαστο ἡλικίην	*Euphorbe* qui surpassait *ses* égaux-
ἔγχεΐ τε	et par la lance
ἱπποσύνῃ τε.	et par l'art-de-conduire-les-chars,
πόδεσσί τε καρπαλίμοισι·	et par les pieds rapides;
καὶ γὰρ δή ποτε,	car déjà autrefois,
ἐλθὼν πρῶτα	étant venu pour-la-première-fois
σὺν ὄχεσφι,	avec *son* char,
διδασκόμενος πολέμοιο,	s'instruisant au combat,
βῆσεν ἐείκοσι φῶτας	il renversa vingt hommes
ἀπὸ ἵππων,	de *leurs* chevaux,
ὃς πρῶτος	lequel le premier
ἐφῆκε βέλος τοι,	lança un trait contre toi,
Πατρόκλεις ἱππεῦ,	Patrocle cavalier,
οὐδὲ δάμασσεν·	mais ne *te* dompta pas;
ὁ μὲν ἀνέδραμεν αὖτις,	celui-ci courut en arrière,
μίκτο δὲ ὁμίλῳ,	et se mêla à la foule,
ἁρπάξας ἐκ χροὸς	ayant arraché de *son* corps
δόρυ μείλινον·	la lance de-frêne;
οὐδὲ ὑπέμεινεν ἐν δηϊοτῆτι	et il n'attendait pas dans la mélée
Πάτροκλον, ἐόντα περ γυμνόν.	Patrocle, quoique étant nu.

Πάτροκλος δὲ θεοῦ πληγῇ καὶ δουρὶ δαμασθεὶς,
ἂψ ἑτάρων εἰς ἔθνος ἐχάζετο, Κῆρ' ἀλεείνων.

Ἕκτωρ δ' ὡς εἶδεν Πατροκλῆα μεγάθυμον
ἂψ ἀναχαζόμενον, βεβλημένον ὀξέϊ χαλκῷ,
ἀγχίμολόν ῥά οἱ ἦλθε κατὰ στίχας, οὖτα δὲ δουρὶ   820
νείατον ἐς κενεῶνα· διαπρὸ δὲ χαλκὸν ἔλασσε.
Δούπησεν δὲ πεσὼν, μέγα δ' ἤκαχε λαὸν Ἀχαιῶν.
Ὡς δ' ὅτε σῦν ἀκάμαντα λέων ἐβιήσατο χάρμῃ,
ὥτ' ὄρεος κορυφῇσι μέγα φρονέοντε μάχεσθον,
πίδακος ἀμφ' ὀλίγης· ἐθέλουσι δὲ πιέμεν ἄμφω·   825
πολλὰ δέ τ' ἀσθμαίνοντα λέων ἐδάμασσε βίηφιν·
ὣς, πολέας πέφνοντα, Μενοιτίου ἄλκιμον υἱὸν
Ἕκτωρ Πριαμίδης σχεδὸν ἔγχεϊ θυμὸν ἀπηύρα·
καί οἱ ἐπευχόμενος ἔπεα πτερόεντα προσηύδα·

  « Πάτροκλ', ἦ που ἔφησθα πόλιν κεραϊζέμεν ἁμὴν,   830

le coup du dieu et la lance d'Euphorbe, se retire au milieu de ses compagnons pour éviter la Parque.

Hector, voyant se retirer le magnanime Patrocle, blessé par l'airain aigu, accourt près de lui à travers les rangs, et lui enfonce sa lance dans le bas-ventre; l'airain traverse de part en part. Sa chute fait retentir le sol et cause aux Achéens la plus vive douleur. De même que lorsqu'un lion provoque au combat un sanglier féroce, tous deux sur le sommet de la montagne luttent avec un furieux acharnement pour un mince filet d'eau où ils veulent se désaltérer ; le lion dompte par sa force le sanglier déjà hors d'haleine : de même Hector, fils de Priam, frappe de près avec sa lance le courageux fils de Ménétius, qui fait de nombreuses victimes, et lui ravit le jour ; puis, d'un air de triomphe, il prononce ces paroles qui volent rapides :

« Patrocle, tu espérais sans doute détruire notre ville, et après

Πάτροκλος δὲ δαμασθεὶς	Or Patrocle ayant été dompté
πληγῇ θεοῦ	par le coup du dieu
καὶ δουρὶ,	et par la lance *d'Euphorbe*,
ἐχάζετο ἂψ	se retirait de nouveau
εἰς ἔθνος ἑτάρων,	dans la foule de *ses* compagnons,
ἀλεείνων Κῆρα.	évitant la Parque.
Ὡς δὲ Ἕκτωρ εἶδε	Or dès que Hector vit
Πατροκλῆα μεγάθυμον	Patrocle magnanime
ἀναχαζόμενον ἂψ,	se retirant en arrière,
βεβλημένον χαλκῷ ὀξεῖ,	ayant été blessé par l'airain aigu,
ἦλθέ ῥα ἀγχίμολόν οἱ	il vint donc près de lui
κατὰ στίχας,	à travers les rangs,
οὖτα δὲ δουρὶ	et *le* frappa avec *sa* lance
ἐς κενεῶνα νείατον·	au bas-ventre extrême;
ἔλασσε δὲ χαλκὸν	et il fit-traverser l'airain
διαπρό.	de-part-en-part.
Δούπησε δὲ πεσών,	Et il retentit étant tombé,
ἤκαχε δὲ μέγα	et il affligea grandement
λαὸν Ἀχαιῶν.	le peuple des Achéens.
Ὡς δὲ ὅτε λέων	Or comme lorsque un lion
ἐβιήσατο χάρμῃ	a violenté par le combat
σῦν ἀκάμαντα,	un sanglier indomptable,
ὥτε μάχεσθον	lesquels combattent
φρονέοντε μέγα	ayant-du-cœur grandement
κορυφῇσιν ὄρεος,	sur les sommets d'une montagne,
ἀμφὶ πίδακος ὀλίγης·	pour une source petite;
ἄμφω δὲ ἐθέλουσι πιέμεν·	et tous-deux veulent boire;
λέων δέ τε	et le lion
ἐδάμασσε βίηφιν	a dompté par la force
ἀσθμαίνοντα πολλά·	*lui* étant-essoufflé beaucoup :
ὣς Ἕκτωρ Πριαμίδης	ainsi Hector fils-de-Priam
ἀπηύρα θυμὸν	enleva le souffle-vital
σχεδὸν ἔγχεῖ	de près avec *sa* lance
υἱὸν ἄλκιμον Μενοιτίου,	au fils courageux de Ménétius,
πέφνοντα πολέας·	tuant beaucoup *d'hommes;*
καὶ ἐπευχόμενός οἱ	et se glorifiant de lui
προσηύδα ἔπεα πτερόεντα·	il *lui* dit *ces* paroles ailées :
« Πάτροκλε, ἦ	« Patrocle, certes
ἔφησθά που	tu pensais sans doute
κεραϊζέμεν ἁμὴν πόλιν,	ravager ma ville,

Τρωϊάδας δὲ γυναῖκας, ἐλεύθερον ἦμαρ ἀπούρας,
ἄξειν ἐν νήεσσι φίλην ἐς πατρίδα γαῖαν·
νήπιε! Τάων δὲ πρόσθ' Ἕκτορος ὠκέες ἵπποι
ποσσὶν ὀρωρέχαται πολεμίζειν· ἔγχεϊ δ' αὐτὸς
Τρωσὶ φιλοπτολέμοισι μεταπρέπω, ὅ σφιν ἀμύνω   835
ἦμαρ ἀναγκαῖον· σὲ δέ τ' ἐνθάδε γῦπες ἔδονται.
Ἆ δείλ'! Οὐδέ τοι, ἐσθλὸς ἐών, χραίσμησεν Ἀχιλλεύς,
ὅς πού τοι μάλα πολλὰ μένων ἐπετέλλετ' ἰόντι·
— Μή μοι πρὶν ἰέναι, Πατρόκλεις ἱπποκέλευθε,
νῆας ἔπι γλαφυράς, πρὶν Ἕκτορος ἀνδροφόνοιο   840
αἱματόεντα χιτῶνα περὶ στήθεσσι δαΐξαι. —
Ὣς πού σε προσέφη, σοὶ δὲ φρένας ἄφρονι πεῖθε. »
    Τὸν δ' ὀλιγοδρανέων προσέφης, Πατρόκλεις ἱππεῦ·
« Ἤδη νῦν, Ἕκτορ, μεγάλ' εὔχεο· σοὶ γὰρ ἔδωκε
νίκην Ζεὺς Κρονίδης καὶ Ἀπόλλων, οἵ μ' ἐδάμασσαν   845
ῥηϊδίως· αὐτοὶ γὰρ ἀπ' ὤμων τεύχε' ἕλοντο.

avoir ravi la liberté aux Troyennes, les emmener sur les vaisseaux
dans ta chère patrie. Insensé! C'est pour elles que les rapides coursiers
d'Hector s'élancent au combat; moi-même je l'emporte par ma lance
sur les belliqueux Troyens, puisque j'écarte loin d'elles le jour de la
servitude; mais toi, tu deviendras en ces lieux la proie des vautours.
Ah malheureux! Achille, malgré sa valeur, n'a pu te secourir; néan-
moins, au moment où tu partis, il te fit sans doute toutes ces recom-
mandations : — Ne reviens point, Patrocle, illustre cavalier, ne reviens
point auprès des creux navires avant d'avoir déchiré sur la poitrine
d'Hector sa tunique ensanglantée. — Telles furent ses paroles, et,
dans ta démence, tu te laissas persuader. »

Alors, noble Patrocle, tu laissas échapper ces mots de ta bouche
expirante :

« Hector, livre-toi maintenant à l'orgueil du triomphe; c'est à toi
que Jupiter, fils de Saturne, et Apollon, ont donné la victoire, après
m'avoir facilement dompté; ce sont eux qui m'ont enlevé mes armes

ἀπούρας δὲ ἦμαρ ἐλεύθερον, | et ayant enlevé le jour libre,
ἄξειν ἐν νήεσσι | emmener sur *tes* vaisseaux
γυναῖκας Τρωϊάδας· | les femmes Troyennes
ἐς γαῖαν φίλην πατρίδα· | dans la terre chérie de-*ta*-patrie;
νήπιε! | insensé!
Ἵπποι δὲ ὠκέες Ἕκτορος | Or les chevaux rapides d'Hector
ὀρωρέχαται ποσσὶ | s'allongent des pieds
πολεμίζειν πρόσθε τάων· | *pour* combattre devant elles;
αὐτὸς δὲ μεταπρέπω ἔγχεϊ | et *moi-même* j'excelle par la lance
Τρωσὶ φιλοπτολέμοισιν, | parmi les Troyens belliqueux,
ὃ ἀμύνω σφιν | *moi* qui écarte d'elles
ἦμαρ ἀναγκαῖον· | le jour de-servitude;
γῦπες δέ τε | mais les vautours
ἔδονταί σε ἐνθάδε. | mangeront toi ici.
Ἀ δειλέ! | Ah malheureux!
Ἀχιλλεὺς, ἐὼν ἐσθλὸς, | Achille, étant brave,
οὐδὲ χραίσμησέ τοι, | n'a pas secouru toi,
ὅς που μένων | *lui* qui sans doute restant
ἐπετέλλετό τοι ἰόντι | recommandait à toi partant
μάλα πολλά· | *des choses* très-nombreuses :
— Μὴ ἰέναι μοι πρὶν, | — Ne reviens pas à moi avant,
Πατρόκλεις ἱπποκέλευθε, | Patrocle porté-sur-des-chevaux,
ἐπὶ νῆας γλαφυρὰς, | auprès des vaisseaux rapides,
πρὶν δαΐξαι | avant d'avoir déchiré
χιτῶνα αἱματόεντα | la tunique ensanglantée
Ἕκτορος ἀνδροφόνοιο | d'Hector homicide
περὶ στήθεσσι. — | autour de *sa* poitrine. —
Προσέφη σε ὥς που, | Il dit-à toi ainsi sans doute,
πεῖθε δὲ φρένας | et il persuadait les esprits
σοὶ ἄφρονι. » | à toi insensé. »
Πατρόκλεις δὲ ἱππεῦ, | Or Patrocle cavalier,
ὀλιγοδρανέων προσέφης τόν· | n'en-pouvant-plus tu dis-à lui :
« Ἤδη νῦν, Ἕκτορ, | « Déjà maintenant, Hector,
εὔχεο μεγάλα· | réjouis-toi grandement;
Ζεὺς γὰρ Κρονίδης | car Jupiter fils-de-Saturne
καὶ Ἀπόλλων, | et Apollon,
οἵ ἐδάμασσάν με ῥηϊδίως·, | lesquels ont dompté moi facilement,
ἔδωκε σοὶ νίκην· | ont donné à toi la victoire;
αὐτοὶ γὰρ ἀφέλοντο | car eux-mêmes enlevèrent
τεύχεα ὤμων. | *mes* armes de *mes* épaules.

Τοιοῦτοι δ’ εἴπερ μοι ἐείκοσιν ἀντεβόλησαν,
πάντες κ’ αὐτόθ’ ὅλοντο, ἐμῷ ὑπὸ δουρὶ δαμέντες.
Ἀλλά με Μοῖρ’ ὀλοὴ καὶ Λητοῦς ἔκτανεν υἱός,
ἀνδρῶν δ’ Εὔφορϐος· σὺ δε με τρίτος ἐξεναρίζεις. 150
Ἄλλο δέ τοι ἐρέω, σὺ δ’ ἐνὶ φρεσὶ βάλλεο σῇσιν·
Οὔ θην οὐδ’ αὐτὸς δηρὸν βέῃ, ἀλλά τοι ἤδη
ἄγχι παρέστηκεν θάνατος καὶ Μοῖρα κραταιή,
χερσὶ δαμέντ’ Ἀχιλῆος ἀμύμονος Αἰακίδαο[1]. »

    Ὣς ἄρα μιν εἰπόντα τέλος θανάτοιο κάλυψε· 855
ψυχὴ δ’ ἐκ ῥεθέων πταμένη Ἀϊδόσδε βεϐήκει,
ὃν πότμον γοόωσα, λιποῦσ’ ἀδροτῆτα καὶ ἥϐην[2].
Τὸν καὶ τεθνηῶτα προσηύδα φαίδιμος Ἕκτωρ·

    « Πατρόκλεις, τί νύ μοι μαντεύεαι αἰπὺν ὄλεθρον;
Τίς δ’ οἶδ’ εἴ κ’ Ἀχιλεὺς, Θέτιδος παῖς ἠϋκόμοιο, 860
φθήῃ ἐμῷ ὑπὸ δουρὶ τυπεὶς ἀπὸ θυμὸν ὀλέσσαι; »

de mes épaules. Quand même j’aurais rencontré vingt guerriers tels
que toi, ils auraient tous péri, domptés par ma lance. J’ai succombé,
immolé par un funeste Destin, et par le fils de Latone, et par le
mortel Euphorbe; toi, tu ne m’as porté que le troisième coup. Je
vais te dire quelques mots; grave-les dans ton esprit : Tu ne vivras
plus longtemps; déjà la mort et la cruelle Destinée s’approchent de
toi, et vont te dompter sous le bras de l’irréprochable Achille, descendant d’Éaque. »

A ces mots, la mort le couvre de son voile de ténèbres; l’âme du
héros s’envole de son corps, descend dans les demeures de Pluton,
déplorant son sort, perdant sa force et sa jeunesse. Le brillant Hector
dit à Patrocle qui n’est plus :

« Patrocle, pourquoi donc me prédis-tu un trépas épouvantable?
Qui sait si Achille, fils de Thétis à la belle chevelure, ne succombera
point le premier sous les coups de ma lance? »

Εἴπερ δὲ ἐείκοσι τοιοῦτοι
ἀντεβόλησάν μοι,
πάντες ὄλοντό κεν αὐτόθι,
δαμέντες ὑπὸ ἐμῷ δουρί.
Ἀλλὰ Μοῖρα ὀλοὴ
καὶ υἱὸς Λητοῦς,
Εὔφορβος δὲ ἀνδρῶν
ἔκτανέ με·
σὺ δέ με ἐξεναρίζεις τρίτος.
Ἐρέω δέ τοι ἄλλο,
σὺ δὲ βάλλεο
ἐνὶ σῇσι φρεσίν·
Αὐτὸς οὐ βέῃ οὐδὲ θην
δηρὸν,
ἀλλὰ ἤδη θάνατος
καὶ Μοῖρα κραταιὴ
παρέστηκεν ἄγχι τοι,
δαμέντι χερσὶν
Ἀχιλῆος ἀμύμονος
Αἰακίδαο. »
   Τέλος θανάτοιο ἄρα
κάλυψέ μιν εἰπόντα ὥς·
ψυχὴ δὲ πταμένη
ἐκ ῥεθέων
βεβήκει Ἀϊδόσδε,
γοόωσα ὃν πότμον,
λιποῦσα
ἀδροτῆτα καὶ ἥβην.
Ἕκτωρ φαίδιμος
προσηύδα τὸν καὶ τεθνηῶτα·
   « Πατρόκλεις, τί νυ
μαντεύεαί μοι
ὄλεθρον αἰπύν;
Τίς δὲ οἶδεν,
 ἰ Ἀχιλεὺς,
παῖς Θέτιδος
ἠϋκόμοιο,
φθήῃ κεν
ἀπολέσσαι θυμὸν
τυπεὶς ὑπὸ ἐμῷ δουρί; »

Or si vingt *hommes* tels
avaient rencontré moi,
tous auraient péri là-même,
ayant été domptés par ma lance.
Mais la Destinée funeste
et le fils de Latone,
et Euphorbe parmi les hommes
ont tué moi ;
et toi tu me tues le troisième.
Or je dirai à toi autre chose,
et toi mets *ces paroles*
dans tes esprits :
Toi-même tu ne vivras pas certes
longtemps,
mais déjà la mort
et la Destinée violente
se tiennent près à toi,
ayant été dompté par les mains
d'Achille irréprochable
descendant-d'Éaque. »
   La fin de la mort donc
voila lui ayant dit ainsi ;
et *son* âme s'étant envolée
ae *ses* membres
alla chez-Pluton,
déplorant son sort,
ayant abandonné
sa force et *sa* jeunesse.
Hector brillant
dit-à lui même étant mort :
   « Patrocle, pourquoi donc
prédis-tu à moi
une perte épouvantable ?
Or qui sait,
si Achille,
fils de Thétis
à-la-belle-chevelure,   [mier)
ne devancera *pas* (ne sera *pas* le pre-
à perdre le souffle-vital
ayant été frappé par ma lance ? »

῞Ως ἄρα φωνήσας, δόρυ χάλκεον ἐξ ὠτειλῆς
εἴρυσε, λὰξ προσβάς· τὸν δ' ὕπτιον ὦσ' ἀπὸ δουρός.
Αὐτίκα δὲ ξὺν δουρὶ μετ' Αὐτομέδοντα βεβήκει,
ἀντίθεον θεράποντα ποδώκεος Αἰακίδαο·
ἵετο γὰρ βαλέειν· τὸν δ' ἔκφερον ὠκέες ἵπποι
ἀμβροτοι, οὓς Πηλῆϊ θεοὶ δόσαν ἀγλαὰ δῶρα.

865

Il dit, et retire de la blessure le javelot d'airain, en appuyant son
pied sur le cadavre, et de sa lance il le jette à la renverse. Aussitôt
avec son arme il s'avance vers Automédon, compagnon divin du
rapide descendant d'Éaque; car il brûle de l'atteindre; mais Automédon est emporté par les coursiers agiles et immortels, présent
superbe dont les dieux firent hommage à Pélée.

Φωνήσας ἄρα ὣς,   Ayant parlé donc ainsi,
εἴρυσεν ἐξ ὠτειλῆς   il tira de la blessure
δόρυ χάλκεον,   la lance d'-airain,
προσβὰς λάξ·   ayant marché-dessus avec-le-pied ;
ὦσε δὲ ἀπὸ δουρὸς   et il poussa avec sa lance
τὸν ὕπτιον.   celui-ci à-la-renverse.
Αὐτίκα δὲ βεβήκει ξὺν δουρὶ   Et aussitôt il marcha avec sa lance
μετὰ Αὐτομέδοντα,   vers Automédon,
θεράποντα ἀντίθεον   serviteur égal-à-un-dieu
Αἰακίδαο   du descendant-d'Éaque
ποδώκεος·   rapide-des-pieds ;
ἵετο γὰρ βαλέειν·   car il désirait le frapper ;
ἵπποι δὲ ὠκέες ἄμβροτοι,   mais les chevaux rapides immortels,
οὓς θεοὶ   lesquels les dieux
δόσαν Πηλῆϊ   donnèrent à Pélée
δῶρα ἀγλαὰ,   comme présents superbes,
ἔκφερον τόν.   emportaient lui.

NOTES

SUR LE SEIZIÈME CHANT DE L'ILIADE.

Page 6 : 1. Νηλέες! Οὐκ ἄρα σοίγε πατὴρ ἦν ἱππότα Πηλεὺς,
οὐδὲ Θέτις μήτηρ· γλαυκὴ δέ σε τίκτε θάλασσα,
πέτραι δ' ἠλίβατοι· ὅτι τοι νόος ἐστὶν ἀπηνής.

*Héros sans pitié! Non, tu n'as point pour père le valeureux
Pélée, et Thétis n'est point ta mère! Tu fus engendré par la mer
aux flots d'azur et par les rocs escarpés; car tu as un cœur intraitable.*

Didon adresse à Énée de semblables paroles :

> Nec tibi diva parens, generis nec Dardanus auctor,
> Perfide; sed duris genuit te cautibus horrens
> Caucasus, Hyrcanæque admôrunt ubera tigres.
>
> (VIRG., *Énéide*, IV, 365.)

Ariane dit également à Thésée :

> Quænam te genuit solâ sub rupe leæna?
> Quod mare conceptum spumantibus exspuit undis?
> Quæ Syrtis, quæ Scylla vorax, quæ vasta Charybdis?
> Talia qui reddis pro dulci præmia vitâ.
>
> (CATULLE, *Noces de Thétis*, 154.)

Page 12 : 1. Ἰέναι pour ἴθι. L'infinitif employé pour l'impératif
est très-fréquent dans Homère.

Page 14 : 1. Αἴας δ' οὐκέτ' ἔμιμνε ....

La retraite d'Ajax, qu'environne une grêle de traits, est la même
que celle de Turnus accablé par le nombre :

> .... Nec clypeo juvenis subsistere tantum
> Nec dextrâ valet; injectis sic undique telis
> Obruitur. Strepit assiduo cava tempora circùm

Tinnitu galea, et saxis solida æra fatiscunt;
Discussæque jubæ capiti, nec sufficit umbo
Ictibus; ingeminant hastis et Troes, et ipse
Fulmineus Mnestheus; tum toto corpore sudor
Liquitur, et piceum, nec respirare potestas,
Flumen agit; fessos quatit æger anhelitus artus.

(Virg., *Énéide*, IX, 806.)

Page 18 : 1. Πηλιάδα μελίην....

Cette lance, dont Chiron avait fait présent à Pélée, était adaptée à un bois de frène coupé sur le Pélion. *Fraxinus multùm Homeri præconio et Achillis hastâ nobilitata.* (Plin., *Histoire naturelle*, XVI, 24.)

Page 20 : 1. Τοὺς ἔτεκε Ζεφύρῳ ἀνέμῳ Ἅρπυια....

Voici comment Virgile nous dépeint les Harpies :

Virginei volucrum vultus, fœdissima ventris
Proluvies, uncæque manus, et pallida semper
Ora fame.

(Virg., *Énéide*, III, 216.)

— 2. Ἐν δὲ παρηορίῃσιν ἀμύμονα Πήδασον ἵει.

Il attache à leurs côtés l'irréprochable Pédase.
Παρηορίη, courroie qui servait à attacher le cheval de volée. Ce cheval de volée, παρήορος ἵππος, n'est point attelé au joug, mais à côté.

Nominibusque ciet Pholoen Admetus et Irin,
Funalemque Thoen....

(Stace, *Thébaïde*, VI.)

— 3. Μυρμιδόνας δ' ἄρ' ἐποιχόμενος....

Les compagnons d'Achille se précipitent au combat comme des loups qui ne respirent que vengeance et carnage. Tels et non moins impétueux s'élancent les Troyens auxquels le valeureux Énée vient d'adresser un discours plein d'énergie et de résignation :

Sic animis juvenum furor additus. Inde, lupi ceu

Raptores, atrâ in nebulâ, quos improba ventris
Exegit cæcos rabies, catulique relicti
Faucibus exspectant siccis; per tela, per hostes
Vadimus haud dubiam in mortem, mediæque tenemus
Urbis iter; nox atra cavâ circumvolat umbrâ.

(VIRG., *Énéide*, II, 354.)

Page 26 : 1. Ὢς εἰπὼν, ὤτρυνε μένος....

Arcadas accensos monitu, et præclara tuentes
Facta viri, mixtus dolor et pudor armat in hostes.

(VIRG., *Énéide*, X, 397.)

Page 30 : 1. Ζεῦ ἄνα, Δωδωναῖε....

Cette prière d'Achille sur Patrocle a été heureusement imitée par
Virgile, lorsqu'il nous dépeint Évandre adressant à Jupiter et aux
autres dieux cette admirable invocation :

At vos, o superi, et divûm tu maxime rector
Jupiter, Arcadii, quæso, miserescite regis,
Et patrias audite preces. Si numina vestra
Incolumem Pallanta mihi, si fata reservant,
Si visurus eum vivo, et venturus in unum :
Vitam oro, patiar quemvis durare laborem.

(VIRG., *Énéide*, VIII, 572.)

Page 32 : 1. Ὣς ἔφατ' εὐχόμενος....

Virgile rend ainsi la même pensée :

Audiit, et voti Phœbus succedere partem
Mente dedit; partem volucres dispersit in auras.

(VIRG. *Énéide*, XI, 794.)

Page 36 : 1. Ἐλπόμενοι pour ἐλπόμεναι. Cette syllepse est assez
fréquente chez les poëtes. Horace a dit en parlant de Cléopâtre :

Fatale monstrum, *quæ* generosiùs
Perire quærens...

(HOR., *Odes*, I, XXXI, 21.)

— 2. Πάπτηνεν, imparfait de l'indicatif de παπταίνειν, qui répond au mot latin *circumspicere*, *jeter les regards tout autour de soi.*

— 3. Amydon, ville de Pæonie sur l'Axius. L'Axius est un fleuve de Macédoine qui prend sa source au pied du mont Sardus, sur les confins de la Dalmatie, et qui va se jeter dans le golfe Thermaïque.

Page 46 : 1. Ὡς δ' ὅτ' ἀπ' Οὐλύμπου....

Ce magnifique tableau, qui représente les Troyens poursuivis par Patrocle et franchissant en désordre les retranchements, semble avoir inspiré Virgile, lorsque ce sublime interprète des beautés d'Homère nous retrace la déroute des Latins qui, découragés par la mort de Camille, laissent la victoire aux Étrusques :

> Prima fugit, dominâ amissâ, levis ala Camillæ,
> Turbati fugiunt Rutuli, fugit acer Atinas ;
> Disjectique duces desolatique manipli
> Tuta petunt, et equis aversi ad mœnia tendunt.
> Nec quisquam instantes....
>
> (VIRG., *Énéide*, XI, 868.)

— 2. Αἰθέρος ἐκ δίης....

Αἰθήρ est employé ici dans le sens de αἴθρη, qui signifie *ciel pur et serein, beau temps.*

Page 48 : 1. Ἄξαντ' ἐν πρώτῳ ῥυμῷ....

Ἄξαντ' pour ἄξαντε, participe aoriste actif de ἄγνυμι. Le poëte emploie le duel, parce qu'il se représente les chevaux attelés deux à deux.

Page 50 : 1. Ἔνθ' ἤτοι Πρόνοον....

La blessure de Pronoüs est la même que celle d'Eunéus :

> Eunœum Clytio primum patre, cujus apertum
> Adversi longâ transverberat abiete pectus.
>
> (VIRG., *Énéide*. XI, 666.)

Page 52 : 1. Ἧστο ἀλείς....

Il se tenait blotti....

Ἀλεὶς, participe aoriste 2 passif de εἴλω, qui signifie *rouler, ramasser en roulant ;* de là au passif *se ramasser, se pelotonner, se blottir, se faire petit par frayeur,* en latin *se metu contrahere.*

Page 54 : 1. Σαρπηδὼν δ' ὡς οὖν....

Sarpédon, voyant les Lyciens prendre la fuite à l'approche de Patrocle, s'avance seul contre lui, comme Turnus contre Pallas :

> Ut vidit socios : « Tempus desistere pugnâ ;
> Solus ego in Pallanta feror, soli mihi Pallas
> Debetur ; cuperem ipse parens spectator adesset. »
>
> (Virg., Énéide, X , 441.)

— 2. .... Νῦν θοοὶ ἔστε.

Maintenant montrez votre courage.

Cette phrase a été traduite de différentes manières. Les uns y voient une exhortation au courage et traduisent : *maintenant soyez braves.* Les autres y trouvent un reproche de lâcheté et disent dans un sens ironique : *maintenant vous êtes agiles, parce qu'il s'agit de fuir.*

Page 58 : 1. Αἱματοέσσας δὲ ψιάδας κατέχευεν ἔραζε.

Il verse sur la terre une rosée sanglante.

Hésiode a imité Homère, lorsqu'il dit à l'occasion du combat d'Hercule et de Cycnus :

> Κὰδ δ' ἄρ' ἀπ' οὐράνοθεν ψιάδας βάλεν αἱματοέσσας.

Jupiter répand du haut du ciel une rosée sanglante. (Hés., *Bouclier d'Hercule,* 384.)

Ausone fait aussi allusion à la rosée sanglante dans l'épitaphe de Sarpédon :

> Sarpedon Lycius, genitus Jove numine patris
> Sperabam cœlum : sed tegor hoc tumulo
> Sanguineis fletus lacrimis : proh ferrea fata !
> Et patitur luctum qui prohibere potest.

Page 60 : 1. Σαρπηδὼν δ' αὐτοῦ μὲν....

Sarpédon tue le cheval de Patrocle, comme Orsiloque tue celui de Rémulus :

> Orsilochus Remuli, quando ipsum horrebat adire,
> Hastam intorsit equo, ferrumque sub aure reliquit;
> Quo sonipes ictu furit arduus, altaque jactat
> Vulneris impatiens arrecto pectore crura ;
> Volvitur ille excussus humi.
>
> (Virg., *Énéide*, XI, 636.)

Page 64 : 1. « Γλαῦκε πέπον....

Sarpédon en mourant adresse une prière à Glaucus; de même Camille en expirant fait ses adieux à Acca :

> Hactenus, Acca soror, potui ; nunc vulnus acerbum
> Conficit, et tenebris nigrescunt omnia circùm.
> Effuge, et hæc Turno mandata novissima perfer,
> Succedat pugnæ, Trojanosque arceat urbe.
> Jamque vale. »
>
> (Virg., *Énéide*, XI, 823.)

— 2. .... ἐπεὶ λίπεν ἄρματ' ἀνάκτων.

.... lorsqu'ils voient les chars abandonnés.

Λίπεν est à la troisième pers. pluriel de l'aoriste passif pour ἐλί- πησαν. Telle est la leçon généralement adoptée. Zénodote donne λί- πον, leçon suivie par Voss.

Page 68 : 1. Βῆ δὲ μετ' Αἰνείαν τε καὶ Ἕκτορα....

Glaucus appelle Hector pour protéger le corps de Sarpédon, comme Sagès implore le secours de Turnus :

> .... Medios volat ecce per hostes
> Vectus equo spumante Sages, adversa sagittâ
> Saucius ora, ruitque implorans nomine Turnum :
> « Turne, in te suprema salus; miserere tuorum.
> Fulminat Æneas armis, summasque minatur
> Dejecturum arces Italûm, excidioque daturum.

Jamque faces ad tecta volant : in te ora Latini ,
In te oculos referunt....

(Virg., Énéide, XII , 650.)

Page 70 : 1. .... Πατροκλῆος λάσιον κῆρ.

Perse a dit de même :

Cor jubet hoc Enni....

(Pers., Satire VI.)

Page 72 : 1. Τρῶες καὶ Λύκιοι, καὶ Μυρμιδόνες καὶ Ἀχαιοί,
σύμβαλον ἀμφὶ νέκυι κατατεθνηῶτι μάχεσθαι,
δεινὸν ἀΰσαντες· μέγα δ' ἔβραχε τεύχεα φωτῶν.

*Les Troyens, les Lyciens, les Myrmidons et les Achéens en
viennent aux mains au milieu d'immenses clameurs, et les armes
des combattants retentissent avec un horrible fracas.*

.... Omnesque Latini ,
Omnes Dardanidæ, Mnestheus, acerque Serestus ,
Et Messapus equûm domitor, et fortis Asylas ,
Tuscorumque phalanx, Evandrique Arcadis alæ,
Pro se quisque viri summâ nituntur opum vi ;
Nec mora, nec requies; vasto certamine tendunt.

(Virg., Énéide, XII , 548.)

Page 74 : 1. Βούζειον, Boudie, ville placée dans la Phthiotide, selon
les scholies de Venise.

Page 76 : 1. Γλαῦκος δὲ πρῶτος, Λυκίων ἀγὸς ἀσπιστάων,
ἐτράπετ', ἔκτεινεν δὲ Βαθυκλῆα μεγάθυμον,
Χάλκωνος φίλον υἱὸν, ὃς Ἑλλάδι οἰκία ναίων,
ὄλβῳ τε πλούτῳ τε μετέπρεπε Μυρμιδόνεσσι.

*Glaucus le premier, chef des Lyciens aux larges boucliers, se
retourne et tue le fils chéri de Chalcon, le magnanime Bathyclès
qui habitait Hellas, et qui, par ses richesses et son opulence,
l'emportait sur tous les Myrmidons.*

Énée immole de même l'opulent Camerte :

.... Fulvumque Camertem .

Magnanimo Volscente satum, ditissimus agri
Qui fuit Ausonidûm et tacitis regnavit Amyclis.

(Virg., Énéide, X , 562)

Page 80 : 1. Τῷ οὔτι χρὴ μῦθον ὀφέλλειν, ἀλλὰ μάχεσθαι.

Il ne s'agit donc point ici de parler, mais d'agir.
Les Latins disent aussi : *non verbis, sed facto opus est.*

Page 84 : 1. Ὧδε δέ οἱ φρονέοντι δοάσσατο κέρδιον εἶναι.

Au milieu de ses pensées il lui semble préférable que....

Hæc alternanti potior sententia visa est.

(Virg., Énéide, IV. 287.)

Page 88 : 1. Νήπιος! Εἰ δὲ ἔπος Πηληϊάδαο φύλαξεν,
ἠ τ' ἂν ὑπέκφυγε Κῆρα κακὴν μέλανος θανάτοιο.

L'insensé! S'il eût obéi aux ordres du fils de Pélée, il eût échappé a la Parque funeste, à la sombre mort.
Virgile fait cette réflexion sur **Corèbe** :

Infelix qui non sponsæ præcepta furentis
Audierit.

(Virg., Énéide, II, 345.)

Page 96 : 1. Ὦ πόποι, ἦ μάλ' ἐλαφρὸς ἀνήρ· ὡς ῥεῖα κυβιστᾷ!

Grands dieux! Quel homme agile! Comme il saute avec prestesse!
Ces paroles ironiques ne sont nullement dans nos mœurs; aussi ce vers est-il suspect d'interpolation. Cependant Virgile met dans la bouche de son héros un discours non moins amer :

Lucage, nulla tuos currus fuga segnis equorum
Prodidit, aut vanæ vertére ex hostibus umbræ;
Ipse rotis saliens juga deseris.

(Virg., Énéide, X , 592.)

Page 98 : 1. Ὡς δ' Εὖρός τε....

Adversi rupto ceu quondam turbine venti

> Confligunt, Zephyrusque, Notusque, et lætus Eois
> Eurus equis; stridunt silvæ.

(VIRG.. Enéide, II, 416.)

> Ac velut annoso validam quum robore quercum
> Alpini Boreæ, nunc hinc, nunc flatibus illinc
> Eruere inter se certant; et stridor, et altè
> Consternunt terram, concusso stipite, frondes.

(VIRG., Énéide, IV, 441.)

Page 100 : 1...............ὁ δ' ἐν στροφάλιγγι κονίης
κεῖτο μέγας μεγαλωστί, λελασμένος ἱπποσυνάων.

Ce héros gît étendu dans un tourbillon de poussière, et de son vaste corps couvre un vaste espace; il oublie à jamais l'art de diriger des chevaux.

> Flentes ingentem, atque ingenti vulnere victum.

(VIRG., Énéide, X, 842.)

— 2. ᾿Ημος δ' ᾿Ηέλιος μετενίσσετο βουλυτόνδε.

Mais lorsque le soleil est à son déclin, vers l'heure de la journée où l'on détèle les bœufs.

Apollonius de Rhodes s'est servi du mot βουλυτός pour exprimer la fin de la journée.

. ... καλέουσι δὲ κεκμηῶτες
ἐργατίναι γλυκερόν σφιν ἄφαρ βουλυτὸν ἱκέσθαι.

(APOLL., Argonautiques, III, 1340.)

Page 104 : 1. Δάρδανος ἀνήρ pour Δαρδάνιος ἀνήρ, *un guerrier Dardanien.* Virgile a employé également *Dardanus* pour *Dardanius:*

> Hauriat hunc oculis ignem crudelis ab alto
> Dardanus.

(VIRG., Énéide, IV, 661.)

Page 110 : 1. Οὔ θην οὐδ' αὐτὸς δηρὸν βέῃ, ἀλλά τοι ἤδη
ἄγχι παρέστηκεν θάνατος καὶ Μοῖρα κραταιή,
χερσὶ δαμέντ' ᾿Αχιλῆος ἀμύμονος Αἰακίδαο.

Tu ne vivras plus longtemps; déjà la mort et la cruelle Desti-

née s'approchent de toi et vont te dompter sous le bras de l'irréprochable Achille, descendant d'Éaque.

Virgile a imité ce passage, lorsqu'Orode, en expirant, prédit à Mézence une mort prochaine :

> .... Non me, quicumque es, inulto,
> Victor, nec longùm lætabere : te quoque fata
> Prospectant paria, atque eadem mox arva tenebis.
>
> (VIRG., *Énéide*, X, 739.)

— 2. Ὣς ἄρα μιν εἰπόντα τέλος θανάτοιο κάλυψε·
    ψυχὴ δ' ἐκ ῥεθέων πταμένη Ἀϊδόσδε βεβήκει,
    ὃν πότμον γοόωσα, λιποῦσ' ἀδροτῆτα καὶ ἥβην

A ces mots, la mort le couvre de son voile de ténèbres ; l'âme du héros s'envole de son corps, descend dans les demeures de Pluton, déplorant son sort, perdant sa force et sa jeunesse.

Virgile a dit de même :

> Vitaque cum gemitu fugit indignata sub umbras.
>
> (VIRG., *Énéide*, XII, 952.)

9 782014 457599